梁祝

蝴蝶梦

王立 著

时代出版传媒股份有限公司

安徽文艺出版社

图书在版编目（ＣＩＰ）数据

梁祝蝴蝶梦/王立著.—合肥：安徽文艺出版社,2020.1
(2023.1 重印)
ISBN 978-7-5396-6736-2

Ⅰ.①梁… Ⅱ.①王… Ⅲ.①长篇小说－中国－当代
Ⅳ.①I247.5

中国版本图书馆 CIP 数据核字(2019)第 166102 号

出 版 人：姚　巍
责任编辑：周　丽　　　　　　　装帧设计：天恒仁文化
···
出版发行：安徽文艺出版社　　www.awpub.com
地　　址：合肥市翡翠路 1118 号　　邮政编码：230071
营 销 部：(0551)63533889
印　　制：三河市嵩川印刷有限公司　　0316-3650395
···
开本：880×1230　1/32　印张：8　字数：180 千字
版次：2020 年 1 月第 1 版
印次：2023 年 1 月第 2 次印刷
定价：49.80 元
···

序

王学海

　　王立的《梁祝蝴蝶梦》，也许是一个重新发现的故事。他赐予
这个古老故事的重新认识，多种版本的搜集与对故事发生地的考证。
因为这是无人不晓的故事，所以这部长篇小说便更具有了创作的勇
气和无畏。他使它重新焕发了生机，他使这两位爱情殉道者更具有
了文学想象的空间。在二十一世纪现代化高度发展的中国，他让我
们坐着高铁，对这古老的爱情悲剧，又做了一次当代的精神旅程，
让诞生在新时代、生活在现代化中的年轻人，第一次感受到与身边
文化和生活状况截然不同的曾经中国的爱情文化。并让他们在震惊
或疑惑中开始多元地思考人生与爱情，在颇具古典社会性的传统文

化活的语言的阅读中，可望会有更多新的领悟。

我们在阅读《梁祝蝴蝶梦》时，会更加清晰地印证一句话：人的灵魂，只有在作为被爱的时候，才是实在的。而王立在这部长篇小说里，对爱又有着自己的理解与创意。如《同窗共读》一章，以吟诵诗经为英台爱情的主动出击，以对话的"纯正风雅"用词，作一言二面的游动之状，让其语言回旋更具另一番特色。尤对"所谓伊人"之"伊人"解，实是英台自我的心解：以关键词"隐""求"，一言双关地道出了心声，其"溯洄从之，溯游从之"，可作她独特爱情的宣言，从中足可见出情爱的风味，小说的巧妙。在《楼台相会》一章中，作者更是以抽象的手笔，让"一黑一彩两只蝴蝶从窗口飞进来，停歇在我的书桌上，默默地相依相偎着"。在英台向梁山伯道出实情后，又是这一对蝴蝶"缓缓地飞起，飞向窗外，又折回来，在我与梁兄之间徘徊飞舞"。最后在《悲情出嫁》一章里，又是这两只蝴蝶，在英台眼前"盘旋飞舞了三圈，然后飞向窗外"，这是永远相伴飞舞的象征，也是出嫁涵隐某种事物将要发生的预兆。更为离奇的，正是出嫁路上两只蝴蝶的一路追随，难怪丫鬟银心会惊叹："那两只蝴蝶从祝家庄一路跟来，现在飞进了船舱……这是不是去年钱塘万松书院飞来的蝴蝶啊？"奇异追问的惊讶，为这蝴蝶的象征，平添了一份诡异。所以作者在这里借英台的内心叙说："蝴蝶的生命周期是美丽而又短暂的。这历经春夏秋冬的一黑一彩两只蝴蝶，绝对不是自钱塘随我而来的那一对蝴蝶，但是它们心有灵犀，始终如一地围绕着我……”这正是作者睿智的隐喻性叙事，他以蝴蝶的追随——精神的执着，打破了自然规律。又以蝴蝶的追随工具——双翅，喻示着自由的追求，更引喻有翅定会飞抵爱情的彼岸。这也就是说，人的肉体可以消亡，但爱情的精神却可以恒久——这也正是《梁祝蝴蝶梦》之所以称为“蝴蝶梦”的关键所在！这是中国叙事学中视觉接受与精神引喻的共融，这是作者艺术意识在文本中灵气地驰骋。

在重述历史故事的新文本里，我们可以找到作者叙事行为新的创意，那就是作者对这古老故事做出环境描写物的不同配置，和对男女主人公的时间视角与心理态度所建立起的动态情境，如《钱塘游玩》一章中，恼管恼，嬲管嬲，所游怪石嶙峋呈金猴攀树状，其予人比喻，仍不忘屈原、宋玉，外加一个潘岳。这正是异正及尚俗之比，标志着两人对情爱的认真挚义之心。而后引出嵇叔夜，不在人，恰在景声：景者，悲剧，声者，《广陵散》的“广陵绝响，美玉裂帛”。这既可称之伏笔，更是叙事的预设叙事语与之后，我们自然会生发的回顾叙述语境的那种可能性，使之以后在小说中发生的悲剧，即建构的动态情境，更具“梦”的真实性。

《梁祝蝴蝶梦》可以说是民间故事＋读本＋音乐＋戏剧＋影视＋环境的一个综合的文本，是大文化熏陶下的《梁祝蝴蝶梦》，也是传统与现代对接的一个新文本，值得我们，尤其是青年一代去细读，并做出审美判断。也可让一个叙事定义，在审美中升华的可读可品鉴的小说。《梁祝蝴蝶梦》值得你去细细品读。

是为序。

（王学海，知名评论家，客座教授，一级作家，
中国新文学学会理事，原浙江省作协文学评论委员会
副主任、嘉兴美学学会会长。）

目录

梁祝蝴蝶梦

蝴蝶惊梦

丫鬟银心急匆匆地跑上毓秀阁时，我正失魂落魄地站在窗前，对着掌心里的一只白玉蝴蝶发呆。

银心在我身旁踌躇不定。我知道一定又是爹爹让她来催促我更衣换装了。马家娶亲的船队昨日一早已从鄞县出发，自姚江至曹娥江，直向玉水河驶来。

今天是我新婚大喜的日子，然而我的情郎——梁兄他已黄土垅中独自眠。我的心早已碎成了千万片，再也不能复原了。我的灵魂已追循着九泉之下的梁兄，日夜缠绕，生死相依。

此时此刻，这一只洁净的白玉蝴蝶，在我柔软的掌心里，显得如此温润滑腻。新春的阳光柔柔地穿过楼台的木栅花窗，温情地映照着这只白玉蝴蝶，如琼脂玉液一般晶莹无瑕。而另一只白玉蝴蝶，是我在钱塘万松书院返回家乡前，作为信物拜托师母做媒送给了梁兄，成为他永远的眷恋与珍爱。他至死都紧攥着这只白玉蝴蝶，并把它带到了另一个世界。

这一对白玉蝴蝶是我娘留给我的最后念想。那一年我六岁，我娘躺在病床上，唤我倚坐在她的身边，把这对白玉蝴蝶交给了我。那天我娘神采奕奕地对我说："这对白玉蝴蝶，英台可要仔细收藏，不要轻易赠予他人，尤其是男孩儿，否则我儿得嫁给他了。蝴蝶终究是要成双成对的。"

我娘的话是有弦外之音的，这是后来我才领悟懂得。现在回想起来，一直病恹恹的我娘那天是回光返照，所以才那么神清意澈。两天以后，病入膏肓的我娘永远地闭上了双眼。然而，时过十多年后的今天，那时我娘对少不更事的我说出的这番话，我依然记忆犹新。这对白玉蝴蝶原是用来做扇坠的，少儿时代的我一直只把它当作一件精致的玩物，后来渐渐地长大成人，才开始明白事理，睹物而思人，这对白玉蝴蝶可以寄托我怀念母亲的满腔深情，因而倍觉珍贵，秘不示人。

而现在我的手中只有这一只孤单的白玉蝴蝶。蝴蝶不能成双成对、相伴飞舞，这是多么残忍的现实！此时，在阳光的迷离幻影中，

英台惊梦

白玉蝴蝶仿佛被赋予了血脉，似乎要翩翩欲飞，飞离我的掌心，飞出窗外，要去寻找它的另一半。我娘说过，蝴蝶终究是要成双成对的。

尘缘如梦境，此情似烟云。寒风飘残香，旧梦忽已醒。

依稀记得昨夜，梦中的我化作一只美丽的彩蝶，追逐着无数次在我梦中出现过的玉带凤蝶，黑色的双翼，醒目的玉带。那黑蝶穿丛林，越山峰，掠过海面，飞向远方。我不知道你要去向何方，只是奋力振翅，要努力地接近你，与你一起相伴相舞，自由飞翔。突然，我看到天空中一头怪兽面目狰狞地扑向黑蝶，柔弱的黑蝶无声无息地坠向山谷。你回头幽怨地看了我一眼，泪光闪烁。我仿佛万箭穿心般地疼痛，向你急速地飞翔过去……我从梦中惊醒，余悸难消，赶紧唤醒银心点烛。

睡眼惺忪的银心借着烛光，看到我惊恐无助的神情，拥着我的双肩哭泣起来。

银心与我朝夕相处，她知道我内心的万般痛楚。过了今夜，明天马家娶亲的喜船就要来到祝家庄，而伤心欲绝的我，就是祝家庄出嫁的新娘。

梁兄病逝仅仅三个月，爹爹就迫不及待地给我选了这个良辰吉日，要把我嫁到马家去。不到一百天，梁兄你尸骨未寒，魂魄未远。或许你在忘川河上奈何桥畔踌躇不前，拒绝喝下让你可以忘却今生今世的孟婆汤，只是为了我们之间的生死誓约。

生前不能夫妻配，死后也要同坟台。这是我对梁兄立下的山盟海誓。

想起梁兄，我已全无睡意，让银心扶我穿衣起床，来到毓秀阁。

这毓秀阁是我的书房，与我的闺房一门相隔。十三岁那年我去上虞书馆拜谢应之先生为师前，把书房命名为"毓秀阁"时，颇为自鸣得意。

爹爹曾经抚髯笑道："毓秀阁？到底只是蕴集女儿之气，未见志存高远之意。"

我踌躇满志地反驳道："此名化自'钟灵毓秀'四字而来，女儿要在这书房中做不朽文章，自有深意。"当时，爹爹呵呵一笑。

我在毓秀阁临窗独立，不觉天明。我从怀中掏出那只白玉蝴蝶来，梦中的情景又浮现眼前。这样的梦境对我暗示了什么？当得知梁兄猝然病逝，我便知道我一生的梦想、一生的幸福，已如同风雨中的蝴蝶一般被无情地摧毁了。

一个满怀悲痛的新娘，一个流干了眼泪的新娘，历历在目的往事一遍又一遍地闪现在我脑海。

你知道吗，梁兄，万念俱灰的我唯有沉浸在回忆中，你才会栩栩如生，而我的心才有了归依之处。

一心求学

那年我十六岁，唯一的梦想就是去钱塘求学深造。在此之前，我色彩斑斓的少女时代，向往做一个跃马横刀的巾帼英雄，振衣千里岗，濯足万里流。只因我上虞书馆的尊师谢应之向我推介了钱塘王先生——这王先生乃山东人氏，会稽书圣王羲之的本家叔伯，国学根底极其深厚，在钱塘凤凰山的万松岭设馆授徒多年，足下门徒遍布大江南北。尊师谢应之是上虞名宿，饱学之士，但是说起钱塘王先生来，满脸虔诚，敬仰不已——这使我追慕起钱塘王先生的学识人品来，心心念念要赴钱塘拜名师求深造。

然而，当我对爹爹禀报了此事后，爹爹自是一口否决，直斥"荒唐"，他沉下脸说道："你是千金小姐，裙钗之女，为父念你自幼失母，细心呵护，打小请来塾师，教你识文断字，待你长大，又送你到上虞谢应之门下，琴、棋、书、画皆精通。现在你只可在家描龙绣凤，待嫁闺门，怎能辞亲远游，抛头露面？岂不有失体统，惹人耻笑？"

我正色说道："女儿求学深造，纵然非为学成报国，亦可修身齐家，怎能说是有失体统，惹人耻笑？"

爹爹一拂长袖，冷笑道："读了这么多年书，你岂不知男女授受不亲的道理？书院都是须眉男儿，你一个女儿家混迹其中，全无礼数可言。如果闹出个三长两短的混账事来，你叫我的老脸往哪搁？"

我撒娇般地拉着爹爹的衣袖恳求道："爹爹，女儿可乔装打扮，一心只读圣贤书，绝不失了男女礼数。待得学成归来，侍候爹爹……"

原以为宠我至深的爹爹听了我这番话，会心软应允。在我的记忆中，我从来就是爹爹的掌上明珠。我的所有心愿，爹爹只要能够办到的，全部都会满足我的。但是，我此次钱塘求学，拂逆了他的原则。他甩开我的手说："圣贤书上说，父母在，不远游。这就是孝道，百善孝为先，你不能尽孝，读书再多又有何用？"说罢，拂袖而去。

我知道爹爹的个性，官至县令、如今退职在家的祝公远员外，一直以来都是固执己见的，他一旦拿定主意之后，就是十头牛也难以把他拉回来。再说无益，我就以沉默相对抗。每次与爹爹照面，只是就餐时候。有时爹爹欲与我说话，我只是冷冷相对，速速餐毕，便上楼把自己关闭起来。家中再无欢声笑语，只有令人难堪的冷清。

然而我心已决，无论如何要逃离家门，远赴钱塘，实现我的求学梦想。岁末过后，我暗自吩咐银心去上虞选了绸缎布料，交给上虞书馆旁边的裁缝铺，缝制了四季男儿长衫以及银心所穿的一应服装。我在楼台上，关起闺房，与银心一起日夜不休，缝了两件百蝶衣。银心小我一岁，但我们都已发育成千娇百媚的女儿身了。这百蝶衣是紧身内衣，可以把我们的胸部严密地束裹起来。

那一天晚上，我俩偷偷地试扮男装。我头戴儒帽，一袭白色绸缎长衫，一派富家书生模样。银心着青色便帽，青色对襟夹袄，活脱脱就是一个小书童。紧身的百蝶衣，掩饰了我们女儿家的身子。我与银心，你看看我，我看看你，再对着铜镜一照，我俩完全变成了青春美少年。这番装束，哪有女儿模样？我俩在闺房里嬉笑打闹，兴奋得一夜没睡。

然而，面对刻板执拗的爹爹，我几乎无计可施。如果我设计逃离了祝家庄，奔赴钱塘入学，爹爹若是找寻到书院，对王先生说明我是女扮男装，那么，遵奉道德礼教的王先生一定会把我逐出师门的。但是，我若就此放弃理想，或许会后悔一辈子的。

我陷入了两难之境。直到春暖花开，我的心又蠢蠢欲动起来，钱塘求学，是我挥之不去的梦想。然而，要得到顽固的爹爹的应允，我知道不能由着性子以硬碰硬。我以怀柔攻心为上，故意与爹爹套近乎，把话题引到历史上的杰出女性——尤其是以文学艺术名世的女子上来，和爹爹一起讨论班昭与哥哥班固修撰的《前汉书》，与爹爹一起背诵蔡琰的《胡笳十八拍》、五言《悲愤诗》。

在那些日子里，爹爹对我放松了戒备。爹爹也是通过读书考取功名的，所以谈诗论文，甚是投机。不过，他最熟稔的还是"四书""五经"。每当他摇头晃脑地说起《大学》《中庸》时，我便会岔开话题，让女娲、织女、孟母、卓文君、王昭君等从前的女性成为我与爹爹对话的热点，我想让她们的故事来影响、改变爹爹对女性的认识和看法。或许爹爹早就看穿了我的小把戏，然而只要我快乐，爹爹就会迁就我，可见爹爹对我溺爱之深。

有一次，我给爹爹背诵了蔡琰的《悲愤诗》，当我念到"去去割情恋，遄征日遐迈。悠悠三千里，何时复交会？念我出腹子，胸臆为摧败。既至家人尽，又复无中外。城郭为山林，庭宇生荆艾。白骨不知谁，纵横莫覆盖。出门无人声，豺狼号且吠。茕茕对孤景，怛咤糜肝肺。登高远眺望，魂神忽飞逝。奄若寿命尽，旁人相宽大。为复强视息，虽生何聊赖！托命于新人，竭心自勖励。流离成鄙贱，常恐复捐废。人生几何时，怀忧终年岁……"时，我泪珠滑落，大放悲声。

爹爹埋身于太师椅上，正闭目听我读诗时，突然间听到我颤了嗓音，哭泣起来，便慌了手脚，站起来扶着我说："英台你怎么啦？好端端的读诗，你哭什么？"

我拭去泪水，伤感不已地说道："女儿读文姬诗，既折服文姬才情之卓绝，又感叹诗人命运之波折，念及女儿才疏学浅，幽闭家门，不禁悲从中来，无以自制……"

爹爹抚髯叹道："英台，你多日来迂回曲折之意，为父甚是明白，只是男女有别……"

我打断爹爹的话，急切地说："爹爹就成全了女儿的心愿吧，让我去钱塘深造。女儿一心追慕班昭、蔡琰之才，不甘心做一个描龙绣凤的寻常女子，行尸走肉了此一生……"

爹爹脸色阴沉，高声说道："此事休得再提！"转身疾速离去。

我呆呆地看着爹爹远去的背影，知道我的这番努力又成了泡影。我忽然心灰意冷，寝食皆废。一连数日，我没有下楼，银心端上来的饭菜，我没有一点食欲，让银心原封不动地端下去。实在饿得发慌了，我就吃几口水果充饥。

银心对我说，老爷看到小姐这样的状况，这几天十分着急。老爷还说要去上虞请来名医，为小姐把脉治病。银心是个乖巧伶俐的丫头，对老爷说道："小姐得的是心病，心病还得心药医，老爷可要细思量。"

爹爹听了银心的话，想必有所触动吧。

我听到爹爹多次上楼来，站在我的闺房门口，轻轻唤我，他的声音带着焦虑与不安。是呀，我是他唯一的心头肉、掌中宝。但我只是无力地斜依床上，没有应声，过了许久，就听得爹爹叹息着下了楼。

英华私恋

晕晕乎乎地躺了几天，这天早晨我起了床，来到毓秀阁，面对满屋子的书卷，我黯然感叹。银心端了一盒糕点上来，这是我素日喜欢的点心。然而，我真的没有胃口。生之无趣，食又何用？在银心的一再劝说下，我勉强吃了几块香糯的炒年糕，便推开了食盒。我把目光转向楼台外，远处的蓝天白云甚是宜人。

银心一边收拾食盒一边对我说："今天一早老爷到上虞书馆去拜会谢先生了，他要我务必好生侍候小姐。"

我转过头来问银心："莫非爹爹要请来恩师谢应之劝说我？"

银心摇了摇头说："老爷出门时，只是说去拜会谢先生。也许就是为了小姐的事吧，也未可知。"

我站起身子，觉得有点晕晕乎乎的，便对银心说："你扶我下楼，我要出去散散心。"

刚下了楼，六姐祝英华与丫鬟来了。在祝氏家族的我这一辈，英华排行第六，我排行第九。姐妹之中，英华与我性情最为相近。看她心事重重的样子，知她有话要对我说，便打发银心与英华的丫鬟去庄园玩耍，我带了英华复返毓秀阁。

待得坐定，英华愁眉不展，长吁短叹。我便对她说道："六姐，有话不妨直说。"

英华叹道："九妹，我……我有……难言之隐，无处诉说。"

英华吞吞吐吐了好久，才向我透露了她心底的一个惊天大秘密。原来，她与庄外一个赵姓小木匠有了私情。英华他爹——我的堂叔，看到英华日渐长大，欲做一批柜橱箱桌椅，预先给英华准备嫁妆。这个赵姓小木匠就是跟着师父来英华家制作家具的。他是穷苦人家的孩子，长得倒是眉清目秀，也很心灵手巧。师徒俩人早出晚归，兢兢业业。在年前的这个冬季里，英华因为无聊，就时常来到后院的工房，看师徒俩制作家具。

师父已老，这个徒弟是他的关门弟子。师徒俩干活时默不作声，师父偶尔指点一下，徒弟便意会在心，俩人甚是默契。英华也便静静地在一旁观看。赵姓小木匠弹墨线、拉锯子、刨木板……干净又利索。在那个北风呼啸的季节里，英华裹上了丝绵衣裳犹觉寒冷，而这个赵姓小木匠干活时脱了外衣，只穿了单薄衣衫，脸色红扑扑的，浑身热气腾腾的。

每当中饭时分，家佣便把师徒俩的饭菜送到工房来。师父对徒弟说句"吃饭吧"，那徒弟即放下手中的活儿，双手往衣衫上擦了几下，端了饭碗就狼吞虎咽起来。他吃起饭来，与做活一样，不言不语，极其专心。他几乎很少吃菜，这白米饭如同山珍海味一般，让他津津有味，吃了一碗再吃一碗。英华看着他吃饭的样子，心中总是忍不住暗暗发笑。英华的爹娘几次打发丫鬟来让她去用餐，可英华必要迟疑许久，待到赵姓小木匠快吃完饭才离去。

师徒俩无论是干活还是吃饭，这个东家的如花似玉的小姐都站在一旁，虽然和眉善目的她不声不响，也不妨碍他们什么，起初总是有点不自然的感觉，时间一久便也习惯了。

倒是英华她爹神色严肃地对她说过："你一个千金小姐，老是跑到工房里看木匠干活，成何体统？"英华听了，只是哧哧地一笑，不与分辩。

英华她娘还开玩笑道："虽是给你做嫁妆，你也不必亲自督工呀。"

英华听了，不觉脸上一红，没有言语。

英华已十八岁了。她的爹娘正在拜托媒婆给她说人家，找郎君。

这英华是知道的，早晚有这一天，一切任其自然。

然而，那个赵姓小木匠抡斧推刨之间，忽然让英华有了心事。

师父俩从来没有正眼看过东家的小姐，只顾埋头做事。凭手艺吃饭的人，不敢有非分之想。不该看的不看，不该想的不想。

可是英华的眼神渐渐地起了变化，没有了最初的好奇，却蒙上了一层温情的迷雾。她的眼神随着赵姓小木匠的每一个动作而游离不安，脸上时常嫣然一红。

赵姓小木匠对此浑然不知。他的师父偶尔一瞥，看到东家小姐的异常神态，诧异之下，又不敢明说。有一次，英华倚在墙边的木框上失神，而师父要使用这木框安装板子，他便来到英华面前，婉转地说："小姐……工房狭窄，是否请小姐……"英华回过神来，也不说话，只是笑了一下，侧身让师父取走了木框，依然看着师徒俩制作家具。

时间一长，赵姓小木匠也感觉到了异样。他对东家小姐丝毫没有非分之想，更不敢往深处想，但是英华的眼神，让他开始心不在焉起来。师父交代的事儿，他时常会顾此失彼，不是忘了锯料，就是忘了刨板。师父知道徒弟的心思，便黑着脸，严厉地指责他——其实师父是一语双关，有意要把自己的不满之意传递给站在一旁的东家小姐。那赵姓小木匠听了师父的话，便红了脸，定下神来干活。英华只是轻轻一笑。

两颗青春的心灵感受到了彼此的心跳声，滋生了日渐疯长的情愫，拥有了别样的心烦意乱。英华情意绵绵。师父冷眼相看。赵姓小木匠更加不敢正眼对视英华，只顾低头干活。

一天午后，英华睡完午觉，又来到了工房。那时，赵姓小木匠在锯一块木板。英华的到来，总是让赵姓小木匠既惊喜又不安。不经意间一分神，他手中的锯子锯到了手指上，鲜血顿时涌了出来。

英华惊呼了一声，掏出手绢跑过去要给他包扎手指。赵姓小木匠涨红了脸，摇着头要避开英华。可是英华不由分说，一把抓过他的手掌，紧紧地包扎住了他手指上的伤口。

师父神色肃然地踱过来，使劲点了一下徒弟的额头，厉声说道："看你失魂落魄的样子……简直不像话。"

赵姓小木匠尴尬地看了一眼师父，俯身捡起锯子，继续锯那块木板。

英华忽然觉得有些心痛。

傍晚收工后，英华在院子里注视着师徒俩走出家门，若有所失。当她要回到自己闺房时，看到赵姓小木匠突然又转回来，匆匆跑进工房，也许是他忘记什么东西了吧？英华鬼使神差地跟着走进了工房。那赵姓小木匠看到英华，慌慌张张地取了挂在墙上的外衣往外走。英华拉着了他的胳膊，他欲挣脱英华的手，可是一身蛮力的他，此刻觉得身子不听使唤了，似乎身不由己一般，手足无措地立定在原地。

英华自觉失态，羞涩地轻语道："我……我只是想问问你……你的手指还疼吗？"

赵姓小木匠回过神来，赶紧对英华摇了摇头，迅捷地夺门而走。

心有灵犀一点通。英华与赵姓小木匠的情爱之门就这样被神奇地打开了。

赵姓小木匠的师父奇怪地发现，这几天工房里不见了东家小姐的身影，而徒弟更加卖力地干着活儿，这让他松了口气。只是，每当傍晚收工，师徒俩走出祝家庄后，那徒弟老是说把东西忘在工房里了，让师父先回家，自己急急地返回祝家后院的工房。几乎每天都这样。师父一再叮嘱徒弟道："以后每天收工前仔细检查一下，别丢三落四地来回折腾。"徒弟兀自答应。

师父哪里知道，自己的徒弟与东家小姐都已走火入魔了。

赵姓小木匠每次心急火燎地返回祝家庄，绕道来到东家后院时，都会看到英华守候在后院偏门——他们之间已有了心灵的默契。赵姓小木匠一见英华，便牵了她的手，迫不及待地钻进工房，堵上了门，紧紧地拥抱在一起，热烈地亲吻着。唯恐家人发现生疑，后果不堪设想，英华与赵姓小木匠每次都是小心翼翼的，在短暂的拥抱与亲吻之后，便急促地分开了。赵姓小木匠自后院偏门匆匆离去，英华则脸热心跳地潜回闺房。

初涉爱河的英华心中十分明白，爹娘是无论如何也不会同意她与赵姓小木匠恋爱成婚的。没有爹娘的首肯和支持，这场不期而至的恋情将无果而终。可是她与赵姓小木匠情真意切，已欲罢不能了。

这意想不到的地下恋情，到现在为止还没有东窗事发，我是第一个知道的人。

英华满怀迷乱与矛盾，不知如何是好！

我听了英华的诉说，不解地问道："六姐，你怎么会爱上一个小木匠？"——那时我还年少，对英华的这段恋情，觉得有点不可思议。

英华叹道："九妹，我也不知道是怎么回事，就是稀里糊涂地喜欢上了他……现在不知该怎么收场呢？"

我懵然无知地说："六姐，那还不容易——慧剑斩情丝呗。"

英华黯然说道："九妹，这感情上的事儿，哪有这么简单？怕是抽刀断水水更流，身不由己。"

是吗？有这么复杂？那时我实在无法理解，何况我满怀的心事是去钱塘求学，对英华谈及女儿家的秘密情事，几乎无心理会。

这样不咸不淡地聊了一会，我也说不出个子丑寅卯来，英华沉默了好久，想着自己的心事。到了后来，她也许觉得甚是无趣，便告辞下楼，携了丫鬟离去。

伪装卜卦

英华走后，同样满怀心事的我，依然愁眉不展，信步走向庄园散心。

悄悄来临的春天，为江南大地描红绘绿，生机无限。柔润的风儿吹拂过来，抚慰着灰暗的心灵。我与银心徜徉在庄园中，浓密的绿荫间，阳光碎金般地洒下来。庄园内亭台楼阁，花木扶疏，甚是幽静。荷花池塘清澈见底，一阵风儿吹来，吹皱一塘春水。

自五胡闹中华，我祖辈从中原南迁上虞以来，苦心经营，严谨持家，祝家庄已是儿孙满堂，人丁兴旺，各房各户皆门庭肃严，高墙耸立，成为上虞的名门望族。

美丽的江南水乡，一年四季景色宜人。沿着小楼，越过曲栏，在画堂墙院处，是一口井。每当夏天，我特别喜欢打起井水畅饮，那水既清凉无比，又有丝丝甜意。我走到井台边，以水为镜，看到的是一个憔悴、幽怨的女子。我默默转身，出了院门，往庄园外走去。祝家庄很宁静，一路行来没有遇上一个人，就我与银心散漫闲逛。银心善解人意，看到我不愿意说话，她也就默默地陪伴着不吭声。

我们就这样来到了玉水河畔。我在河岸的石阶上坐下来，凝望着玉水河。这水如玉一般晶莹、明净，春水无语东流，可知我英台满腹愁绪？英华郑重地对我诉说的秘密心事，早已让我丢到云霄之外了，我只为自己钱塘求学的事儿无比犯愁。

我忽然想起了蔡琰的《胡笳十八拍》，其中第九拍甚合我心："天无涯兮地无边，我心愁兮亦复然。人生倏忽兮如白驹之过隙，然不得欢乐兮当我之盛年。怨兮欲问天，天苍苍兮上无缘。举头仰望兮空云烟，九拍怀情兮谁与传？"心头泛起的悲情，使我倍觉苍凉。

我指着玉水河，对身边的银心说："从此上舟，入曹娥江至会稽，再去便可抵达钱塘了。这祝家庄怎比得外面的世界？走出去才是海阔天空……"

银心从近水望向远山，收回目光，叹道："小姐教我识字，教我明理，银心知道小姐志存高远，无论你走到哪儿，银心都愿意寸步不离地侍候你。只是老爷他……"

银心没有说下去。我寂寥地托腮沉思。爹爹的良苦用心，我自是明白。女子无才便是德。他只要我做一个安分守己的妇道人家。一个女子，纵是才学盖世，还不是嫁人、生子？未嫁从父，既嫁从夫，夫死从子。一条道上走到黑，没有第二条路可走。如此一生，英台我怎能甘心？

从玉水河边回家，看到一个卜卦先生手举黄幡、打着卦板走出祝家庄。银心一把拉着我，调皮地忽闪着眼睛说："小姐，我有个主意。老爷回家，必要询问小姐病势，我就对老爷说，小姐卧床病重，不如请个卜卦先生测卦解难，老爷也许就准了。那时，小姐女扮男装，扮成卜卦先生正好路过家门，我把你请进屋来，你对老爷如此这般一说，老爷就会真假不辨，信以为真……"

银心真是古怪精灵，这个主意虽非上策，但不妨一试。我与银心相视而笑，不觉脚步轻松了许多。迎面遇到须发皆白的祝大爹，他唤住了我："九妹难得一见，何事喜出望外？"——我在祝氏家族中排行第九，族人都喜欢叫我"九妹"。祝大爹是爹爹的堂兄，识文断字，疏阔开明，在祝家晚辈中，他最喜欢的就是我，总在人前背后称赞我"知书达理，红颜女杰"。

我对祝大爹含笑施礼道："灼灼春华，绿叶含丹。如此丽春佳日，英台自是喜悦。"

祝大爹抚髯笑道："灼灼春华，绿叶含丹？九妹所吟华章，出自何处在？"

我有些不好意思地说："昔日竹林七贤之一阮籍咏怀诗句。"

祝大爹一拍脑袋道："阮籍好诗。清阳曜灵，和风容与。明日映天，甘露被宇……"他一边摇头晃脑地吟道，一边悠然远去了。

在祝家庄长辈中，祝大爹是最喜欢诗文的，虽不舞文弄墨，却是日诵夜读。

回到祝府，已是午饭时分。爹爹还没有回家，想必是在恩师谢应之处用餐了。我在毓秀阁吃了些银心送上来的午餐，然后倚桌假寐了一会，忽听得银心急匆匆上楼来，把两块削好的竹板交给我，说道："小姐，老爷回来了，你快打扮一下，从后院出门，转到前厅来，然后我会唤你进来。"

我与银心立即手忙脚乱起来，赶紧摘下耳环，取了首饰，穿上了银心准备的冬季皂色男衫，戴上了那顶青色便帽，怀揣伏羲八卦图，拿起两块竹板权当卦板，对着铜镜敲起来，看着这副滑稽模样，我不禁大笑不止。

银心立刻竖指嘘道："小姐女扮男装，以假乱真，老爷定是识别不出来。我先下楼探路，听到我咳嗽，小姐速速下楼往后院去。"

不一会儿，我听得银心在楼下高声咳嗽了一下，我便疾速地沿楼梯而下。银心在楼梯口窃笑着指了指后院小门，我飞快地溜了出去，顺着墙角出了庄园，没有想到在大道上遇到了祝大爹。我心中一慌，脸颊顿时就热了起来，立刻故作镇静地敲起了竹板，目不斜视地走过去，粗了嗓子喊道："测字排流年，解惑又释疑……测字排流年，解惑又释疑……"

祝大爹手抚长髯讥笑道："看这位卜卦先生青春年少，眉清目秀的……"我的心怦怦直跳，以为祝大爹认出了我，神情有些慌张，原想径直走过，不理会祝大爹，却又听得他在我背后接着说道，"怎么也做起这些故弄玄虚的勾当？"

我只好硬着头皮转过身去，对他作揖施礼道："这位老爷此话大谬。始祖伏羲，占卦问卜，推演世事。无极生太极，太极生两仪，两仪生四象，四象生八卦，八卦生六十四卦。世间天地人事，以乾、坤、震、巽、坎、离、艮、兑八卦占卜，皆可图谶预测，何来玄虚之说？"

幸好我以前翻阅过《易经》，始知伏羲氏画八卦，周文王演为六十四卦，略知皮毛，一番胡诌，居然把祝大爹说得目瞪口呆。趁他还没有回过神来，我已转身而去。

看来祝大爹没有认出女扮男装的我，这使我心安起来。路过祝府时，我故意放慢了脚步，高声喊道："测字排流年，解惑又释疑……"慢悠悠走过祝府大门时，听得银心在背后叫唤："先生先生，我家老爷请你进府。"

我微微一笑，随银心进了家门，来到客厅，只见爹爹沉重不安地坐在太师椅上，便作揖施礼道："晚生叩见老爷。"

只见爹爹指了指他右边的椅子说："先生请坐。银心上茶。"

我道谢坐下，谦恭地问道："未知老爷有何疑难？"

爹爹叹了一口气，沉闷地说："家有小女，郁悒终日，染病在床。特请先生占卦问卜。"

我的心一热，爹爹果真是疼爱我的。银心上了茶来，对我使了个眼色，我立即平静下来，让爹爹吩咐银心设起香案，并向爹爹询问了我的年岁、生辰，然后面对香案，从怀中取出伏羲八卦图，装模作样地念念有词。少顷，我转过身来，大惊失色地对爹爹说："令爱流年不利，恐有血光之灾。"

爹爹惊得从太师椅上跳起来："此话当真？先生可有破解之策？"

我不敢目视爹爹，只是垂目说道："以卦象推断，令爱生性刚烈，皆因怀了心事不得偿愿而致病，如若长此下去，必会郁悒至深。难解沉疴。晚生认为，老爷速速了却令爱心愿，便可云开雾散。"

爹爹若有所思地点点头。我唯恐言多必失，又见目的已达到，便施礼告辞。爹爹让银心付了我银两，送我出门。

我与银心在大门口掩嘴而笑。然后，我往回折返，溜进后院，匆匆上楼，在毓秀阁卸了男儿装束，还了女儿装。

银心上得楼来，眉开眼笑地说："小姐这回扮的卜卦先生，严丝合缝，滴水不漏。老爷正在客厅里长吁短叹呢。看来，小姐钱塘求学有望达成了。"

我兴奋地搂着银心，又笑又跳，有些得意忘形了。

银心说道："小姐还得继续装病，不可露了马脚。"

我笑逐颜开地回到闺房，在床上躺下来。

晚餐时分，我依然没有下楼。银心端了饭菜上来，点亮烛台，笑道："小姐吃饭吧。老爷刚才对我说了，要让小姐宽心就餐，求学深造之事，明天等上虞书馆谢应之先生来府决断。"

心想事成

　　一对对蝴蝶入梦来。黑的蝶、黄的蝶、白的蝶……它们饰有蓝、绿、黄的彩色斑纹，灿烂鲜艳。它们在百花丛中，飞翔追逐，自由快乐。我入迷地追随飞舞着的蝴蝶，不觉间身轻如蝶，双翅轻盈。

　　然而，我这只美丽的彩蝶，却没有同伴陪我在身边。我孤独地飞啊飞，忽然看到一只艳丽硕大的黑蝶，孑然一身地伫立在高枝的花蕊上。你是不是在等待我？我们是不是前生有约、今世缘聚？一瞬间我的内心充满了感动，双目噙泪向它飞舞过去。可是，那黑蝶对于我的出现视而不见，无动于衷，当我飞舞到它眼前时，它居然扑扇着双翅，飞离而去。我失魂落魄地恸倒在你曾经伫立过的花蕊上，尽管你已远去，然而那花蕊上依然存有你的体温、你的气息，令我如此熟悉而又亲切。目光所及之处，我已找不到你的踪影。我对着浩瀚的天空，泪流满面，深情地呢喃道："我是不会放弃你的。无论是天涯还是海角，我一定会找到你……"

就在这时，银心把我唤醒了。她打趣道："小姐，你又有欢笑又有泪，是做了个让你欢喜让你忧的梦吧？已日上三竿了，小姐还不愿意从梦中醒来。谢先生一大早就来府上了，现在他与老爷正在书房等候小姐呢。"

我赶紧起了床，简单地梳洗了一下，故意装出憔悴不堪的病态，让银心扶了我来到毓秀阁，看到恩师谢应之，便弱不禁风地叩拜道："恩师在上，英台拜见……"

谢先生与爹爹立即站起来扶着我，让我在临窗的竹椅上安坐下来。

谢先生对爹爹说："英台脸色苍白，消瘦无力，员外是否请来名医诊治？"

爹爹愁眉苦脸地说："小女非要去钱塘求学，而我不曾应允，故而惹病，茶饭不思。"

谢先生摆手道："病由心生，不可轻视。昔日英台是个活泼可爱的假小子，今日见她郁悒病重，叫我心痛不已。况求学深造，君子之为。孟子曰：君子深造之以道，欲其自得也。自得之，则居之安；居之安，则资之深；资之深，则取之左右逢其源，故君子欲其自得之也。英台志向，不输须眉。员外当断不断，必受其乱。"

爹爹颔首道："先生所言甚是。昨日老夫占卦问卜，卜卦先生亦是说，只要小女得偿心愿，便可云开雾散。"

我似神思恍惚地听着两个老人家的对话，当爹爹说起卜卦先生的事儿，我忍不住偷偷地要笑出声来，侍立一旁的银心用力捏紧我的手心，我这才恢复忧郁神情，痴呆一般。

只听爹爹叹道："真是让老夫为难。英台年纪尚小，又是女儿身，出门求学，三年四载，教我如何放心得下？"

我再也忍不住了，打起精神说："爹爹不是对我讲过荀灌娘十三岁单骑闯重围、搬救兵的故事吗？如今女儿已是十六岁了……"

爹爹冷笑道："荀灌娘是何等人物？论枪如游龙飞虎，论箭能百步穿杨，而你只是一个柔弱女子，外出求学有诸多不便，为父甚是担忧。"

我对爹爹恳求道："我与银心女扮男装，主仆日夜相伴，相互照应。女儿读过东汉班昭《女诫》七篇，烂熟于心，谨记守节，爹爹自可把心放宽。"

谢先生拍掌笑道："英台知礼守己，见识分明，员外还有何疑虑？英台如若深造学成，满腹经纶，流芳千古，也不枉员外一片疼爱之心。"

爹爹无奈地对谢先生拱手道："让先生见笑了，只怪老夫一向骄纵了小女，未加严格管束，由其任性妄为。"然后转向我严厉地说，"英台，此去钱塘攻读，务必自我约束，严守贞节，不得任性放纵而有失体统、有辱门庭。"

爹爹终于应允我去钱塘攻读深造了，我的心一阵狂喜，眼前一片明亮，赶紧下跪拜谢爹爹，然后与银心回房，挽髻梳洗，涂脂抹粉，水红罗衫百褶裙，窈窕少女尽妖娆。

爹爹设宴款待恩师谢应之。我容光焕发地给爹爹、给谢先生又是敬酒又是劝菜，一扫往日病态，欢声笑语轻盈活泼，惹得爹爹起了疑心，他指着我对谢先生说："莫非小女是为求学而设计装病？"

谢先生哈哈笑道："员外多虑了。卜卦先生不是对员外说了嘛，了却令爱心愿，便可云开雾散。千金贵体痊愈，自当以酒庆贺。"

宴席上一派欢乐祥和。

尘埃落定，我的心情愉悦而又安宁。我与爹爹确定了起程的日子，然后，与银心一起整理四书五经，文房四宝，收拾四季衣衫，日常用品。银心问我要不要带着铜镜与脂粉，我忽然若有所失一般。自小到大日常起居，我都要梳妆打扮，而今女扮男装，如果带着这些女儿物品，岂不惹人耻笑？倘若不是为了求学深造，我怎么舍得放弃这美丽红装？

行李收拾妥当，爹爹吩咐家人搭乘船只，我与银心持了恩师谢先生的举荐信出发了，并预先把一些物品送往钱塘凤凰山万松书院。

起程赴钱塘的前三天，每天夜里，一对又一对的蝴蝶翩翩飞入我的梦中。色彩斑斓的蝴蝶。自由飞舞的蝴蝶。瑞霭氤氲，芳香袭人。我非庄周，何故梦蝶？

银心的父母是我家的佃户，爹爹把他们找来府中，说要银心陪小姐去钱塘读书。两个老实巴交的农民满口应承，女儿跟着小姐陪读，他们当然放心，还一再叮嘱银心要照顾好小姐。

第三天清晨，我与银心女扮男装，揽镜自照。银心在一旁拍手笑道："小姐英气逼人，真乃翩翩佳公子。"

我对银心纠正道："从今天起，你只可称我公子，人前背后可得注意，小心泄露了。"

银心点头称是。

我放下铜镜，正要转身离去，看到了枕边的那一对雪白的玉蝴蝶，梦中的蝴蝶栩栩如生地向我飞来。我的心一动，把这对白玉蝴蝶珍藏在了怀中。

到了楼下客厅，爹爹看到我与银心一副男儿装束，不觉一怔，少顷才回过神来，呵呵笑道："你们主仆这番装扮，连老夫都险些认不出来了。一个书生，一个书童，如此甚好。"

我对爹爹施礼颂安。那天我假扮卜卦先生骗过了爹爹，一直于心不安，想在离家前告知爹爹，又唯恐节外生枝。暂且隐藏了这一节，待钱塘学成归来，再对爹爹交代吧。

吃过早餐，爹爹把备好的银两交给银心收好，一再吩咐我与银心出门在外务必相互照应。爹爹已雇好了船只，在玉水河畔等候。爹爹与家人送我俩到了河埠石阶处，一路上他眼神忧虑，对我絮絮叨叨，有着说不完的话，无非是要我专心攻读，知礼守己。

我对爹爹施礼道："英台谨记爹爹教导，万望爹爹放心，保重身体。"

英华带了丫鬟急急赶来。我微笑着迎向她，英华含泪抱住了我。我突然想起她曾经对我诉说的秘密心事，而我因为自己求学之事，未曾为她分担什么，甚至连慰藉的话儿也没有说过，顿时我的心头满怀歉疚。

英华附在我耳边，哽咽道："九妹……你此去求学，三年才归……我不知道这三年间会……会有怎样的结果。我……好害怕……"

我知道英华说的是她与赵姓小木匠的恋情，她的语气中充满了担心与不安。英华是一个痴情人儿，面对一份不可把握又难以放弃的情缘，她真是处在了进退两难之境。那时我对情爱之事又懵懂茫然，且因离别在即，只好拥紧了英华，轻声安慰道："六姐别担心，一切都会水到渠成的。"

英华沉默了一会儿，坚定地说："九妹……我已想过了，做好了最坏的打算。我绝不能辜负了自己的心——哪怕是去……死！"

我的心猛地一沉。"绝不能辜负了自己的心！"英华这句话说得多好。然而，恋爱结婚，居然会扯到生死上去？让我甚是不解。我对英华说："六姐，你可要等我回来再结婚，我要给你做伴娘呢。若是提前婚配，务必托个信来才是。"

英华伏在我肩头，无语一笑。我哪里知道，英华其实是满腹心事，愁绪万千。三年以后，我才知道我真是太大意了，想法也太天真了。

姐妹俩窃窃私语了一番，依依惜别。

然后，我与银心下了石阶，正要上船，回头一望，看到迎风而立的爹爹正以衣袖轻拭双眼，我再也忍不住了，奔上岸去，拥着爹爹哭泣起来："爹爹……"尽管爹爹对我一向不苟言笑，严厉管教，但是从小到大，爹爹都是那么爱我、疼我。他中年得女，中年丧妻，自我娘辞世后，他未再续弦，把所有的感情都倾注在我身上。爹爹始终把疼我爱我之情隐藏在心底。我知道，当我离开他的视线后，他一定会感到孤独，感到不安。而我，因为执着于远方的梦想，不能守在爹爹身边侍奉孝心，此时此刻我非常内疚和心酸。

爹爹轻轻地拍了拍我的肩膀，示意我上船启程。

父女俩洒泪而别。

钱塘相识

出玉水河，入曹娥江，越过会稽山，直上钱塘来。岸上的纤夫吼着号子与船上的艄公、篙师齐心协力，沿江前行。千里江水如练，一叶小舟溯水而上。我与银心最喜欢站在船头，极目远眺，但见水天一色，紫玉生烟。第一次出门远行，远方的世界是多么神秘、新鲜，对我充满了强烈的诱惑。

山阴古水道上昼行夜停，白天在船上贪恋沿途美景，晚上入住岸边城镇的驿馆，两百多里水路风平浪静一晃而过，终于在我朝思暮想的浙江畔停舟上岸了。

昔日曾闻浙江潮具有翻江倒海山为摧的气势，极其壮观。今来江畔，看到的江水是无波无涛，应是时辰不符。不过，此时我无心观潮，只想尽快赶到万松书院。

正是暮春初夏时分，江南景色惹人心醉，钱塘人家掩映在绿树繁花之中。我让银心借问路人，问清了凤凰山万松书院的路程，主仆两人便沿道而去。路过一处花圃，姹紫嫣红，煞是美丽。

银心看到花丛中蜂飞蝶舞，起了玩心，让我在路旁稍等，便钻进了花圃，兴高采烈地捕捉蝴蝶。我担心主人家看到后会生气驱逐我们，便高声唤银心赶紧回来。

不一会儿，银心笑逐颜开地跑了出来，手中捧着一只蝴蝶："小姐快看，这蝴蝶好美呵……"

听到银心喊我"小姐"，我立即紧张地四下环顾，幸好没有他人，就对她责备道："银心，现在我俩都是男子了，我是公子你是书童，你可千万别再称我小姐了，要以公子相称。"

银心吐了吐舌头，调皮地笑道："这么多年小姐小姐的，叫得顺口了，忘了改口了。从现在起我一定多加注意，不再疏忽，请公子原谅。"

银心手中的蝴蝶，真的异常漂亮。这是一只黑蝶，前翅外缘有一列由大至小排列的白斑，后翅中区有七个横列白斑，外缘有红色新月形斑纹，翅膀的正反面相似，横贯全翅，似一条玉带，形态精致优美，与我梦中看到的美蝶一模一样，我喜欢极了。银心说把这蝴蝶带到书院去，我欣然颔首。这时我看到一只彩蝶在我们周围飞舞盘旋，不肯离去。莫非这黑蝶与彩蝶是一对？我忽然想起我娘说过的话，蝴蝶终究是要成双成对的。如果我带走了黑蝶，岂不是拆散了它与彩蝶的恩爱姻缘？它们一定都会伤心欲绝的。这么想着，我让银心把黑蝶放了。银心一松手，那彩蝶便扑扇着翅膀向黑蝶飞去，那黑蝶也欢快地迎向它飞来，然后深情地一起飞入了花圃中。

我目不转睛地追寻着一对凤蝶飞舞的身影，心有所动，竟有些痴呆了。

银心在一旁拍手笑道："卿本多情，痴人一个。"

我回过神来，对银心说："别贫嘴啦，我们赶路吧。"

天气说变就变。刚才还晴朗的天空，转眼间乌云掠来，阴沉沉的，就要下雨了。我看到前面高坡上有个古凉亭，便对银心说："快跑到亭子里去避雨。"

果然，我们疾步走进亭子后，这雨水就哗哗地下来了。

我站在亭中四下环顾，向北望去，只见雨帘外景色朦胧，一泓湖水烟笼雾罩。想来这就是钱塘湖了。一条画舫正驶向岸边，湖水泛起了涟漪，岸边的杨柳柔软地拂动着，远处的山幽闲缥缈，恰似一幅纯净的山水画。

我心大悦，想起阮籍的诗句，便轻声吟道："清阳曜灵，和风容与。明日映天，甘露被宇……"

忽然听得背后有个男子拍掌赞道："好诗句！"我不觉红了脸，回过头来一看，身后站着一个年轻书生，粗布蓝衫，背着行李，满身是雨水。都怪我刚才太过专注于山水雨景了，竟然不知道有生人闯入亭来，这银心也不提醒一下。我看了她一眼，银心似乎也是才知亭中多了一个人，一脸茫然。我对年轻书生作揖施礼道："仁兄见笑了……"

却见他朗朗一笑，放下行李，作揖还礼道："打扰仁兄雅兴了，乞求仁兄宽宥小弟。"

看他虽是粗布衣衫的乡野书生，却是眉清目秀，一身英气，且知书达理。我心头浮上了好感，便含笑说道："古亭避雨，陌路相逢，岂不有缘？何必自责？"

他以衣袖拭去额上雨滴，不好意思地一笑，然后问我："敢问仁兄，来自何处？去向何方？"

银心在一旁伶牙俐齿地说道："来自上虞祝家庄，要去万松书院求学。"

只见年轻书生眼睛一亮，惊喜地拉过我的手，盯着我说："啊呀，我与仁兄真是有缘相逢。小弟是会稽梁家村人氏，也是去王先生门下拜师求学的。"

我触电般地收回了自己的手，躲避开他那双炯炯有神的眼睛。毕竟他是男子我是女子，那一瞬间，我觉得脸颊已发热。看到亭中相围石桌的石墩，便掩饰着尴尬的神情，对他说："我们不妨坐下一叙。"

依桌落座，他拱手说道："小弟姓梁名处仁字山伯，仁兄是……"

我已恢复平静，款款而道："小弟姓祝名贞字……信斋。"

互通名姓之后，又各自通报了生辰年岁，知他十七岁，比我年长一岁。我便称他梁兄，他称我祝贤弟。称兄道弟，言谈甚欢，渐渐地没了拘束。

从梁兄的叙述中，我得知他是家中独子，自幼好学。梁父是儒门寒士，曾在乡间教私塾，不幸早亡。持节守寡的梁母务农治家，甚是艰辛。梁父同窗陈先生是会稽饱学之士，设馆授徒。梁父辞世之前，拜托同窗照料山伯学业。陈先生不负重托，对山伯视如己出，专心栽培。此次陈先生修书一封给钱塘王先生，并资助银两给山伯，让他到钱塘王先生门下深造。陈先生对山伯说："你是可塑之材，为师寄予厚望。钱塘求学，切莫虚掷光阴，务必孜孜不倦，专心深造，学成报国，方不负为师及家母一片苦心。"

梁兄言谈举止间，语气明朗忠厚，眉宇间又满怀忧思："可叹山伯我一介书生，心无天纵之才，手无缚鸡之力，只怕负了先生、家母之殷殷厚望。"

我是在蜜罐里生长的高楼小姐，哪知底层平民的艰难疾苦！看这梁兄，虽是穷人家的孩子，却早明事理，哪似我这般任性无知……感叹间，我把自家的身世也对梁兄略略述说了一番，虚实相间。

正在这时，银心突然对我喊道："小姐——"自觉失言，立即噤声。我心一慌，站起来呵斥道："银心，你何事慌慌张张的？在梁兄面前失了礼数。"

银心脸上浮了红晕，指着外面的天空说道："公子，看到外面风停雨止，我忽然想起家里的小姐，如果能够与公子一起来此读书，该有多好，就失口叫了小姐。"她转向梁兄，作揖施礼道，"请梁公子多多包涵……"

银心倒是伶俐，瞬间编了个小姐出来。

我自是顺水推舟，对一脸疑惑的梁兄笑道："适才忘了告诉梁兄，小弟家有小妹，排行第九，人称九妹，自幼到大不喜女红，偏爱诗书。此番小弟钱塘求学，九妹非要跟来读书，怎奈家父严命禁止，她不得如愿，在家哭闹不止呢。"

梁兄说："令妹任性得甚是可爱，不过外出读书，女子多有不便。况且，书院是不会收女子的。令尊大人思虑得周全。"

我叹道："自古以来那些浊世男子，说什么女子才可妨德，把女子与小人并提，他们涂炭女子心灵，恨不得天下女子个个目不识丁，这样方可随心所欲地把女子玩弄于股掌之中，真正可恨可恼。"

梁兄点头道："贤弟，男儿志在四方，心怀天下，而女子修身持家，相夫教子，自古皆然。昔有班昭《女诫》，论女有四行，一曰妇德，二曰妇言，三曰妇容，四曰妇功……"

看他满腹才华，居然如此迂腐！我听不下去了，愠怒地对银心说："天已放晴，我们该走了。"然后，快步走出古凉亭。

草桥结拜

古亭外，草桥上。微风从雨后的钱塘湖上吹拂而来，湿润而清新。堤岸边的万千柳被濯洗一新，婀娜多姿地摇曳着。对岸青山如黛，笑对如洗碧空。我长长地舒了一口气。

看到梁兄拿着行李急急赶来，我与银心转身前行。梁兄疾步抢前，拉着我的胳膊，气喘吁吁地说："贤弟为何不待愚兄话毕便匆匆就走？"

我挣脱他的手，冷冷说道："梁兄之乎者也，不说也罢。"

梁兄站在我面前，认真地说："如鲠在喉，不吐不快。"

想来这梁兄亦是固执之人，且看他要说些什么。我一边观赏着湖光山色，一边漫不经心地说："既是如此，且听梁兄高见。"

梁兄正色说道："自古男尊女卑，纵是身为女子的班昭也莫例外。《女诫》七篇，字字是德，句句是礼，可见她亦心有束缚。然而，自女娲炼五色石补天以降，多少杰出女子经天纬地，交相辉映。孟母三迁，苦心教子。昭君出塞，心系社稷。班昭修史，名垂青册。蔡琰诗文，千古流芳。她们皆冰雪聪明，才识卓绝。惜道德教化重男轻女，湮没了无数才女俊杰。愚兄读史常思，纵然淤泥白玉，其质依然洁白无瑕。"

如聆天籁，深获我心。我听得一怔，痴痴地回过头来，心悦诚服地作揖说道："梁兄宏论，见识卓异，小弟折服。"

我这一怒一喜，银心看在眼里，此刻她对我偷偷地一笑。而不明就里的梁兄，怎能明了一个女儿家的所思所想？女人心，海底针。一句不中听的话，转眼让我冷若冰霜；一句抵达心扉的话，瞬间令我如沐春风。梁兄这一番女子论，异于寻常男子，如醍醐灌顶，甘露洒心，倏忽间我神清意澈，顿生相见恨晚之意。

梁兄一如初见，心无芥蒂。他见我欢颜喜容，便也和颜悦色，四下环顾一番，对我笑道："贤弟，愚兄有句话，不知当讲不当讲？"

我朗声道："梁兄但说无妨。"

梁兄说："贤弟来自富贵之家，愚兄出身乡野寒门，然而志趣相同，见识一致，况且又是古越同乡，如贤弟不弃，愚兄有意与贤弟义结金兰……"

看到他征询的目光清纯诚恳，我不觉微微一笑："我与梁兄古亭相逢，草桥结拜，实是天缘地意。小弟客居异乡求学，如能在生活上得梁兄照应，学业上与梁兄切磋，岂非人间快事？"

梁兄惊喜道："如此甚好。二人同心，其利断金。同心之言，其臭如兰。我与贤弟就在这草桥之上，折柳为香，结拜兄弟吧。"

银心听得我俩所言，拍手称好，欢呼雀跃地跑到堤岸边，折了两根柳枝上来。

我与梁兄手持柳枝，临湖对天一拜，复又兄弟对拜。

梁兄一招一式甚为规矩虔诚，我学着梁兄依样画葫芦，既新鲜又激动，但不敢露出任何破绽来。从古亭相逢到草桥结拜，梁兄未能识我女儿身，我这女扮男装足可以假乱真，但仍须时时谨慎，刻刻小心。

结拜过后，梁兄拉起了我的手起程赶路。他这般动作是自然亲昵的，而于我，却如同电击一般，心跳加速面红耳赤。一只异性的手牵住了我的手，这是从未有过的生平第一遭，慌慌张张中，喜悦从心底滋生出来。

然而，牵着我手的梁兄，并不知晓我迟疑复迟疑的脚步掩藏着一个少女的心事。纵然他没有在意到我的手儿是多么柔软细腻，但是也该体察到我的手心里已满是汗水。

　　一个初相识的男儿，以温暖的手掌紧紧地牵住我的手往前走。梁兄只当是兄弟寻常事，而我却是心猿意马，我的脑海里最初只是一片空白，然后便是头晕目眩。想起昔日孟姜女因洗浴时被燕人杞梁无意间瞧见了身子，便以身相许，非他莫嫁。如今我的纤纤玉手正被梁兄紧紧牵着，教我如何是好？

草桥结拜

千转百回

后来我的眼前常常浮现起初到钱塘的这一幕场景，并与我的蝴蝶梦交织在一起。黑蝶孑然一身地伫立在高枝的花蕊上，美丽的彩蝶向它飞舞而去。两蝶亲昵相拥，相伴飞翔。这是多么天然、纯真、自由而又温馨！梁兄，你就是那只玉带黑蝶，而我就是那只彩蝶。

然而，我的蝴蝶梦常常充满了惊险与恐怖的色彩。有一次我梦见自己迷失在古木参天的山谷，在开满野花的山坡上，成千上万的蝴蝶快乐地飞舞追逐，它们色彩斑斓，美丽自由。瞬间狂风暴雨骤然而至，来不及躲避的蝴蝶折翅倒地，满山遍野都是蝴蝶的尸体，触目惊心，惨不忍睹。

一个又一个蝴蝶梦，就这样常常缠绕着我。千奇百怪、各不相同的蝴蝶梦，究竟在对我暗示什么？

　　然而无论如何，我与梁兄相逢于长亭、结拜于草桥这般奇遇，直到今天依然令我惊叹不已。梁兄，若不是上天赐予的这般缘分，我们又怎能于这茫茫人海中邂逅、相识相知呢？我自此方知，人间许多事非人力而为，充满了太多的偶然和机缘，让人身不由己。

　　如同此时此刻，我作为一个待嫁新娘，如坠深渊，有悲无喜。

　　银心被人唤下楼去，又匆匆上来，这次她下了决心似的，在我面前说着什么。

　　我知道爹爹他们等急了，然而我一点儿也没听进去。

　　今天是爹爹他们为我选择的良辰吉日，但是梁兄，没有了你的日子，我只觉得万念俱灰。那时我在钱塘求学，爹爹雇好了船只，一封家书托词父病，催逼我回家，如果当时我知道爹爹已把我许配给了马太守的儿子马文才——这个曾是我与梁兄同窗的花花公子，我是断然不会离开钱塘辞学回家的，我也不会在我俩相识的长亭把"九妹"许配给梁兄。也许我会选择公开自己的身份，还我女儿装，哪怕与你为情私奔，结庐草屋，粗茶淡饭，我也心甘情愿。一旦我回到了家，便无法离开祝家庄了，如同鸟儿被关进了笼子，失去了自由之身，任人摆布。

　　梁兄呀，当我听到爹爹乐呵呵地告诉我，马家公子马文才仰慕英台我才貌双全，托人来说媒，爹爹已收下马家聘礼时，我惊愕之余，脱口而出的一句话便是："英台宁死不嫁！"

这句话儿把爹爹震惊得目瞪口呆，半晌他才回过神来，厉声说道："马家有媒有聘有父命，礼法周全，为父既已受了马家聘，做主许了这门亲事，你便是马家的人，岂可如此任性放肆？"

未待我解释，爹爹拂袖而去。他不知道我已对梁兄亲许终身，托王师母做大媒，以白玉蝴蝶为信物，并已交代梁兄务必在七月初七乞巧日前来祝家庄提亲。如今爹爹擅自做主把我许配给了马家，让我英台如何面对你梁兄？你知道吗梁兄，在那些日子里，英台我一直与爹爹激烈地抗争着，一次又一次哭泣着哀求爹爹去马家退婚，然而我一次又一次地陷入绝望的境地——爹爹为了自己的颜面，他不能也不愿意退了这门亲事。马家有权又有势，又是鄞县富豪首席，爹爹对这门亲事得意万分，认为这是天赐良缘，为我找到了最好的归宿。

我至今都忘不了，七月初七乞巧日梁兄你兴冲冲地如约而来，为了我亲许的"九妹"而来祝家提亲，聘礼就是我托师母转交给你的白玉蝴蝶。然而在这毓秀阁，当我吞吞吐吐说出实情，你已明白我将是鄞县马太守的儿媳妇时，你积愤成疾，口吐鲜血，那块染红的手帕令我心如刀绞，痛不欲生。黯然神伤的梁兄扶病而归，而后带病赴任鄞县县令。

在这个鄞县城中，有一户名震四方的官宦人家，就是今天前来上虞祝家庄娶亲的马太守府。梁兄，在你上任鄞县县令仅半载的日子里，那威严森然的"马府"，一定是每时每刻在深深地刺痛着你的心灵，让你日日夜夜在痛苦中煎熬。因为在不远的日子里，你的"九妹"将成为马家的新娘。这样一个残酷的事实，你如何承受？你一定是受不了这样的折磨，才紧握着我俩爱情的信物——白玉蝴蝶含恨而逝。

现在，只有你——梁兄占据了我的全部意识，尽管你已离开了尘世。梁兄呀，造化弄人，既然我俩无缘执子之手，与子偕老，上苍又何必安排我与梁兄同窗三长载？又惹我芳心暗许自做媒，令梁兄相思成灾早夭折？梁兄，是我祝英台毁了你！

书院同寝

记得那天，从钱塘湖畔寻寻觅觅找到凤凰山万松书院时，已是向晚时分。三面环山的万松书院，掩映在绿色逼人的林木间，显得幽雅而又宁静。站在书院牌坊向山下望去，左边是雄伟的浙江，右边是柔媚的钱塘湖，夕阳的余晖含情脉脉地斜照着，一派暖色的诗意氤氲开来。

我与梁兄带着银心，怀着朝圣般的心情踏进书院，有一白净的小书童把我们引到了王先生的书斋。王先生的书斋才是真正名副其实的书斋，环墙四壁皆是书架，藏满了一卷又一卷的书。

王先生坐拥书城，正专心致志地持卷而读，不知晓有人进来。

小书童上前对他轻声说了句话，他这才抬起头来，双目炯炯有神地看着我们。

王先生满头华发，骨格清奇，颇具仙风道骨、遗世独立之风采。我与梁兄恭恭敬敬地对他鞠躬叩拜："恩师在上，受学生一拜。"而后，梁兄掏出他恩师陈先生的举荐信，双手呈给王先生。王先生接过阅罢，欣然点头。接着，他的目光转向了我。我有点紧张地作揖说道："学生乃上虞祝家庄人氏——"

"祝信斋。"王先生不待我说完，就呵呵笑着叫出了我的名字。立时，书斋里肃穆的空气轻松起来。王先生站起身子笑道："前些日子，令尊派人携上虞书馆谢先生书信送来了你的行李，我已安排在毓秀阁别院。既然梁山伯与你同来书院，又是越地同乡，你俩就住在一处。"

听到王先生这样安排，我的脑袋轰地一下，脸颊迅即热了起来，便下意识地拒绝道："恩师，学生我……"身旁的银心立刻踢了我一脚，我明白过来，对王先生改口道，"恩师，学生我带了书童银心，不如让我们主仆两人住在一起，好有个照应。"

王先生怎知我难言之隐？他呵呵一笑道："书院学子众多，已无空房。你与梁山伯共居一室，可一起温习功课，切磋学业，有助攻读。书童就住在毓秀阁别院的偏屋，就一门相隔，也方便相互照应。"

梁兄拍着我的肩膀，眉飞色舞地说："贤弟，如此甚好，如此甚好。"

原以为王先生把我与梁兄安排到毓秀阁别院，是因为我俩的恩师特别举荐而有意照顾，使我与梁兄能在一处幽静的地方休息、攻读。如今，王先生既已说明缘由，我再说也无独处一室的空屋子，只好作罢。

王先生让侍立一旁的小书童带我们去安排就寝事宜。我与梁兄谢过王先生，出得门来。忽听得隔壁虚掩的门正飘出悠然动听的琴声，我驻足静听，感觉甚是沉静雅致。小书童过来对我说："这是师母在弹琴。今天太阳快下山了，公子还是赶快去安顿住处吧。"

毓秀阁别院就在讲学堂后面。刚才听到王先生说到"毓秀阁"三个字，我就不由得感到惊奇，如今看到"毓秀阁"的匾额，我惊喜不已，有如归家之感。小书童见状告之，这儿是书院藏书之处，还辟有雅室供游学书院的先生居住。

梁兄不解地问道："贤弟为何喜出望外？"

我拍手笑道："真是巧了，我家中书房是毓秀阁，这儿的书院藏书楼也是毓秀阁，岂非天意？"

梁兄听闻，连声称奇。

树荫笼罩的毓秀阁别院是一间精巧的房子。坐北向南，前后通门。墙壁有一排竹书架，面对面两张床铺，临窗还有一张书桌。我的一应行李就放在北铺上。隔壁偏屋很狭小，只有前门没有窗户，是银心的住处。还好是一个人居住，对银心来说甚是方便。

小书童交代完毕就离去了。

我与梁兄、银心转回别院，打开后门一看，一条石径通向一间茅厕，墙院外不远处就是连绵不绝的山脉。然而，与一个青年男子共居一室，真是让我不安极了。银心默不作声地看着我。

梁兄兴致勃勃地打开行李，铺床整被，回头看到我与银心呆呆地站在后门口，疑惑地问："贤弟为何又闷闷不乐？"

我叹道："小弟自幼失母，一个人睡惯了。与人一处就寝，既恐睡不安生，又怕打扰梁兄清梦。"

梁兄笑道："贤弟不必左右为难。大丈夫出门在外，随遇而安为好。"

我四下环顾了一会，看到墙壁的竹书架，便对梁兄说："不如把这书架安放在两张床铺的中间，好歹有个遮挡，避免相互打扰。"

其实，这竹书架两面都是空的，所谓遮挡也只是一个形式罢了。只见梁兄随和地一笑，与银心一起把书架搬过来，隔开了我与梁兄的床铺。然后，银心打开行李，梁兄一起帮忙，把书堆放在书架上，把笔砚安放在临窗的书桌上，铺好了床被。

基本上安顿完毕，天色已暗了下来。

这时，那个白净的小书童奉王先生之命，让我们去书院食堂用餐。出了门沿着石径，走过毓秀阁，往东便是书院食堂。有七八张餐桌，居中餐桌上亮着烛光，放了三四盘菜肴和几碗米饭。小书童说，这是先生和师母吩咐安排的，他们与其他弟子都已用过晚餐了。

一路下来，我早已觉得饥肠辘辘了，持箸便吃。

银心看着我狼吞虎咽的样子，连忙说道："公子可要细嚼慢咽，别撑坏了肚子，会很难受的。"

我不好意思地看了一眼正襟就餐的梁兄，对银心笑道："食不语，寝不言。你要学学梁公子，小心多嘴多舌吞了舌头。"

梁兄咽下口中的饭菜，对我温和地一笑。

餐毕走出食堂，听得有琅琅书声传来，我循声看去，只见连着书院食堂处有一排平屋，每间都亮着昏暗的灯光，读书声就是从那儿传来的。

小书童对我们说："这排屋子住的都是书院的学生，都已住满了。他们现在都在用功夜读。"

这个小书童十来岁，甚是聪慧可爱。

回到毓秀阁别院，三个人都觉得劳累了一天，十分困倦，便分头就寝。

我躺在床上，翻来覆去无法入睡，只因相距咫尺的对面床铺上，有一个我才相识一天的梁兄。我与梁兄古亭相逢，草桥结拜，然后又同居一室，是谁在冥冥之中有意促成？而我只能顺其自然，不敢露出半点破绽。

这是我生命中充满了神秘隐喻的一天。

想起临行前爹爹忧虑的目光，叮咛复叮咛，我完全懂得他老人家的弦外之音。倘若爹爹知晓了我与一个素昧平生的男子同室就寝，一定会暴跳如雷、天翻地覆的。今后爹爹若是派人送来银两，可得小心应付才好。

我在胡思乱想中，迷迷糊糊了一整夜，直到东方破晓。

孜孜攻读

入学第一课，王先生在讲学堂为我与梁兄举行了入学仪式。

讲学堂北壁，悬挂着一副对联：

入则孝，出则悌，守先王之道以待后学；

颂其诗，读其书，友天下之士尚论古人。

对联居中是一张孔夫子的画像，画像前的讲台上设了香案。

王先生先把我与梁兄介绍给同学们，又一一点名让同学起立，自我介绍一番。大约有二十个同学，既有白发老翁，也有弱冠少年。

然后，王先生领我们一起持香叩拜孔夫子，气氛甚是庄重肃穆。

我因为夜晚没有睡好，双眼通红，神情恍惚。刚开始还强打精神应付，到后来王先生正式开讲《论语》时，我几乎把持不住，只想伏桌瞌睡。

王先生研习《论语》久矣，深得孔夫子思想精髓。他认为《论语》所涉人类社会的政治、文化、道德、生活等，皆言简意赅，词约意丰，是后世学人治学、研修之典范。

当王先生神情激昂地讲课时，我已从睡意蒙胧中回过神来。他正在背诵《论语》中的"子贡问政"：

> 子贡问政。子曰："足食、足兵、民信之矣。"子贡曰："必不得已而去，于斯三者何先？"曰："去兵。"子贡曰："必不得已而去，于斯二者何先？"曰："去食。自古皆有死，民无信不立。"

王先生慨然叹道："孔夫子在此告诫后人从政者，江山社稷须以民为先，若没有民众的信仰，纵然是兵多粮足，亦不可立国，成一盘散沙。"

我以前虽也曾读过《论语》所有章节，总是一知半解，所悟所得甚少。及至听了王先生讲课，脑子里便渐渐地清晰起来。先行入学的同学纷纷向王先生提问各种问题，王先生亦是一一解答，妙语连珠。同桌的梁兄听得入迷，我亦所获良多。临下课时，王先生说道："子曰：学而不思则罔，思而不学则殆。汝等须要时时研习深思，化为己有，方有作为。"

王先生每周一课，然后每个学子自行研修，撰写心得体会，交与恩师批阅。每旬休学一天，自由活动。

梁兄确实是个书痴。课后研修，一天到晚伏案攻读，提笔书写，从不松懈。我散漫惯了，身子也娇弱，每至黄昏，倦意沉沉，便打着哈欠上床睡觉。

夜晚内急醒来，梁兄犹在烛影中静修研读。见我起床，梁兄问道："是不是愚兄打扰了贤弟睡觉？"

我慌忙道："睡梦里忽然想起一事，要向银心问个明白。梁兄继续攻读吧。"便匆匆出门，去隔壁唤醒了银心，去后院如厕。

待我回来，梁兄放下书卷笑道："贤弟是个急性子呀，有事待到天亮也不迟……"

梁兄怎解我心中隐情？我只好笑而不答。

自此，每至夜晚，我不敢喝水，唯恐夜半起床露了破绽。

梁兄日夜攻读，所获颇深。那一日，他作成一文，兴奋地要我指正。梁兄此作，题目是《论以德施政》，引申孔夫子的"为政以德，譬如北辰，居其所而众星共之"，着重论述了孔夫子以德施政的思想，内容扎实，论据充分，题旨鲜明。

我笑道："梁兄雄文，小弟折服。"旋即又话锋一转："孔夫子虽然仁、德、礼、义，但是对于女人太过苛刻，说什么唯女子与小人为难养也，近之则不逊，远之则怨，想来令人着实可恼。"

梁兄说道："贤弟不必恼恨，圣人之语亦不免偏颇。如樊迟请学稼，孔夫子居然斥责他是小人。愚兄来自乡间，深知民生之艰辛，故以为虽重读亦不应轻农。"

梁兄的话引起了我的共鸣，便持卷道来："读罢《论语》，细细究来，时觉孔夫子甚是偏执，有时又言不由衷，他既把女子与小人并提，又在与子夏探讨'巧笑倩兮，美目盼兮'时眉飞色舞，既厌恶女子又心有别注……"

说来道去，我在故意与梁兄抬杠，怎敢肆无忌惮地讽刺孔圣人！

梁兄厚道地打断了我的话："贤弟，我们读书论文，取其精华则可。先贤纵有瑕疵，亦不可妄自讥诽，须知尊贤尚德……"

未待梁兄说完，我掷了书卷，脸带怒容。梁兄知是惹恼了我，小心地赔礼道歉。我不再理会他，提笔疾书。梁兄在一旁为我砚台研墨，细心侍候。

不一会儿，我作成《女子论》，从周武王十大治国功臣中的邑姜辅佐国事、功垂千秋到荀灌娘十三岁单骑闯重围搬救兵，感女子之懿德，叹红颜之谋略，胜过多少须眉！下笔千言，言犹未尽。

正在这时，银心进来说："天色已晚，两位公子该去用晚餐了。"

我一掷柔毫，旋即起身，扔下目瞪口呆的梁兄，与银心去书院食堂就餐。

银心看我面露不悦之色，便知我与梁兄在怄气，用完餐默默地随我回到毓秀阁别院，看到梁兄正欣喜地看着我的文章，赞叹道："贤弟妙文，贤弟妙文。"

我径自走到自己的床铺前，钻进了被窝。

银心便对梁兄说："梁公子，快去用餐吧。"

却听梁兄声音激动地说道："贤弟如此妙语宏论，我已如痴似醉，不餐也罢。"

银心一看梁兄这副痴呆模样，赶紧返回食堂打来一份饭菜。

这个书呆子！我在被窝里既可气又好笑。

夜半醒来时，梁兄正在把我露在外面的胳膊放进被子里，又细心地给我掖好了被角，动作细心而又轻盈。我故意装作酣睡的样子，心底涌起莫名的感动。

梁兄的《论以德施政》和我的《女子论》被王先生当堂诵读，并作点评："梁山伯研读《论语》颇有所得，文笔庄严，析理明晰，在阐述孔夫子以德施政的同时，又有自己的见识。祝信斋其文，引经据典，直抒胸臆，学而则思，敢于质疑。而且行文娟秀，一气呵成。读书就该这样如切如磋，如琢如磨，学业方有长进。"

我与同桌的梁兄相视莞尔。

这天下课后，王先生派了那个白净的小书童，邀我与梁兄去书院食堂边的雅舍共进午餐。走进雅舍，看到王先生与师母就座。第一次看到师母，她年过半百，举止安详，贤淑端庄。

我与梁兄恭敬地拜见了师母后，王先生对师母介绍道："这便是会稽梁山伯、上虞祝信斋，皆聪慧上进，前途不可限量。"

我向师母含笑说道："我第一天踏入书院，就听得师母弹得好琴，出神入化悦耳动听，便心生敬仰。"

师母笑不露齿，清音如流："看这信斋聪明伶俐、冰清玉洁，山伯贤良方正、一表人才，难怪先生这么喜欢你们！"

王先生与师母如此随和，我便觉得轻松起来，没有了拘谨。但看梁兄，却是正襟危坐，不苟言笑，俨然一正经书生。

如此周而复始，日月如梭。

师生赏荷

　　天气渐渐地闷热起来。尽管万松书院掩映在林木幽深之处，我亦感觉到暑气逼人。尤其是身上来了讨厌的例假那些天，更是郁闷烦躁。梁兄自是一心只读圣贤书，日夜潜心攻读。这于我，倒也省却了不少麻烦。

　　银心独处一屋，每至黄昏给我打好水，凉热适中，我可以在她的屋子里从容洗浴。只有在这个时候，我的身体最为舒适。脱下了绸缎长衫、紧身百蝶衣，还了自由活泼的女儿身。圆润小巧的乳房裸露着，每一寸肌肤快乐地舒展开来。每一次洗澡后，我盖了床单随意地斜依在银心的床上，玉体芬芳，浑身坦然。我几乎不愿意再穿上那紧身的百蝶衣了，让我的身子摆脱这日夜囚禁的痛苦。

梁兄在隔壁读书作文，没有人会来打扰我的片刻享受。却也避免不了偶尔的尴尬。有一次，银心正在给我擦洗后背，忽听得梁兄急匆匆地敲门，说要与我讨教一个问题。我惊得慌作一团，还是银心反应敏捷，扯着嗓子说道："我家公子正在洗澡，梁公子不方便进来。有事待会再说。"

梁兄在外面咕噜道："男儿家洗澡，何必紧闭门户？我正想在风清月白之时，与贤弟同去山泉沐浴呢。"

正是酷暑之时，书院的同学们都去书院后面的一处山泉洗澡消暑，甚是幽静凉爽。梁兄多次邀我同去，可我每次晚餐后趁梁兄晚读时分先行洗澡了。

梁兄虽是疑惑不解，好在他的心思始终用在功课上，从来没有深究过。又有一次，我在茅房如厕，银心守在门口。梁兄内急而来，银心把他挡在了门外。这一回，梁兄真的有点急了，嚷道："我与贤弟又非外人。这个银心管天管地，还管拉屎撒尿，真正岂有此理！"

我赶紧收拾出门，对梁兄抱歉地一笑，梁兄急急地冲进了茅厕。

梁兄回来住处，我正持卷读书。他怏怏不快地说："贤弟主仆两人行为乖张，真是让愚兄好生奇怪。"

我带着歉意笑道："小弟得罪之处，梁兄多多海涵。只是，小弟自幼生活在高墙大院，家父管教甚严，尤其教导孩儿说，在人前裸体洗澡、茅房如厕，皆为不雅之事，须得避人耳目。天长日久，已成积习。梁兄不必介意。"

梁兄恍然大悟一般："令尊大人教导有方，怪不得贤弟行为异于常人，礼仪周全，优雅沉静。愚兄日后定当正己守礼。"

自此，梁兄果然守信重诺。

又一个月明星疏的晚上，我正与银心在院外树冠下纳凉，王先生与师母突然来访。我俩赶紧从石凳上起立，恭让他们入座。王先生看到窗户上映出的梁兄身影，便说："这山伯读书甚深，精神可嘉。"

我不禁羞愧起来——梁兄正在秉烛夜读，而我却贪图舒适，弃了功课。银心入内把梁兄请了出来，王先生温和地笑道："读书之道亦须有张有弛，劳逸相间。学而则思，思而再学，层层积累，方有长进。"

梁兄拱手谢道："恩师教导极是，学生铭记在心。"

银色的月光从枝叶间洒下来，斑驳交错。王先生和师母都是和善可近之人。我们围坐一起，古往今来、天南海北地聊天儿，师生间没有一点儿拘谨。直到月影西斜，夜凉如水，王先生与师母起身告辞，走了不一会儿，他俩又从月光中折回身来，王先生说："听闻钱塘湖已荷花盛开，明天正好休学，我们一起结伴同行，去游湖赏荷吧。"

我一听高兴得跳了起来。自从来到钱塘，于书院攻读至今三月整，从来没有下山游玩过。梁兄一向持重，只是恭敬地应诺道谢。

翌日清晨，我与梁兄、银心来到书院牌坊处，王先生与师母已在等候我们了。有两个晨起的同学正要下山进城，听说先生要带我们去游湖赏荷，便也跟着前往。

一行人沿岭而下。一路上山峦重叠，松木苍翠，清新幽静。阳光从树林中穿透而来，如碎金般洒落满地。我与银心，还有两个同学，如飞出了笼子的鸟儿一般，喜形于色，脚步欢快。

走了很久，我忽然想到了什么，回头一看，梁兄正搀扶着王先生，与师母一起慢慢地从后面走来。到底还是梁兄细心周全，知礼尽孝。我惭愧地跑了回去，挽起师母的胳膊。银心与那两个同学也返回过来，不好意思地要一起搀扶王先生与师母同行。

王先生挥手笑道："老夫身子骨还很硬朗，只是脚步赶不上你们年轻人啦。今天就是尽兴游玩，大家不必拘束。"

下了山，沿湖而走。一湖绿水，翠盖红装。进入一处园子，松竹夹道，绿意萦绕。跟随王先生指路，沿细石小道，曲径通幽，绕过石桥，忽见满池荷花争奇斗艳，蝴蝶翩飞，蜻蜓掠过。放眼过处，接天绿荷密集一起，随着风儿婆娑起舞。花儿淡淡粉红，幽幽清香，淡远似秋菊，清韵比寒梅。群芳争艳，无不风姿绰约。

这时，我看到湖畔有一荷花，双萼并蒂，惊艳群芳。身边的师母对我笑道："这就是花中珍品并蒂莲。下有并根藕，上有并蒂莲。嘉莲双葩，象征人间姻缘的百年好合，所以人们都十分喜欢。"

我听了师母的话，忽然没来由地看了一眼正在赏荷的梁兄，莫名其妙地脸颊一热，幸好师母正与王先生在说话，没有注意到我满脸红晕。

这时，随来的一个同学操着钱塘口音指着我笑道："大家快看祝公子，白衣胜雪，面如桃花，真是赛过映日别样红的荷花啊！"

另一个同学随声附和道："男人女相，必成大器。"

这两个同学都是余杭富贵人家的公子，平日里没有用心功课，经常下山进城寻欢作乐，沾得满身浮浪习气。入学以来，虽是同窗共读，然而我只与梁兄说话聊天，对其他同学压根儿没有正眼瞧过。时有凑上来说话的同学，我往往借故离开，不发一言。有一次银心去书院食堂打饭时，听到几个同学在说，梁山伯是个书呆子，而祝信斋又自恃清高，不知他们如何同砚共读的？我听了微微一笑。

他俩这么一嚷，众人的目光便齐刷刷地望向我。我越发地不自在起来，尴尬不已。梁兄站到我面前，对那两个同学庄重地说："祝贤弟出身书香门第，自幼知书识理，两位仁兄何故滥用陈词、语带讥讽？殊为不逊。"

王先生点头说道："山伯所言极是。子曰非礼勿言，就是告诫我们不合礼仪的话不要随便胡说，要做一个厚道仁者。同门弟子须得修身正己，仁德相待。"

梁兄、王先生这一解围，我已恢复常态。那两个同学连忙作揖道歉，我一笑作罢。

赏荷出来，入繁华市井。街市两侧皆是各式店铺，人头攒拥。街道上既有卖膏药的游医、卜卦测字的术士，又有引车卖浆的贩夫，摩肩接踵。

走累了，正是午餐时分，王先生引我们走进临街的一家酒肆，选了墙角一张清静的桌子坐下，热情的店小二便来上茶、点菜。

王先生笑道："子曰有朋自远方来，不亦乐乎！山伯、信斋自来钱塘求学至今，未曾下山入城游玩。今天借此机会，老夫请山伯、信斋品尝一下钱塘名菜。"

我与梁兄赶紧起座道谢。那两个余杭人氏的同学笑曰恩师偏心。王先生抚髯舒颜，含笑说道："山伯、信斋潜心攻读，精进不怠。且待书院弟子都这样长进出息了，老夫定当设宴款待。"

我听了心头一热。如此仁义君子，怎不教人敬重！

待酒菜上席，我们四个弟子与银心一起举杯向王先生、师母敬酒，以致谢意。第一道菜是"三家村藕粉"，白里透红，味甜香醇；第二道菜是"钱塘醋鱼"，肉质鲜嫩，又带有鲜蟹肉味；第三道菜是"绿茶芽虾仁"，虾仁玉白鲜嫩，芽叶碧绿清香，滋味独特……

每一道菜看上来，王先生和师母都殷勤劝酒劝菜，让我们喝得尽兴，吃得抒怀。

我不胜酒力，早已面红耳赤。唯恐酒醉失态，露了女儿本相，便以茶代酒。幸好酒过三巡，大家都醉意可掬了，然而皆各持书生本色。

一行人红光满面地出得酒肆，又来到钱塘湖畔。这回去了一处茂林修竹的临湖茶肆，幽静清雅，凉爽袭人。檐下悬挂"佳茗"招幌，门口有一副对联：

日光月辉留清芳
濯雾掬露蕴春华

虽然不甚工整，却也清雅脱俗。临窗而坐，近看钱塘湖波光迷离，远观青山绵延缥缈，这湖光山色真是惹人心醉神迷。一杯佳茗沁人心脾，便觉神清意澈。

梁祝对弈

我与梁兄在钱塘凤凰山万松书院读书的日子，是我今生最悠闲散漫、快乐纯真的时光。虽然百蝶衣禁锢了我的女儿身，在书院这个男人的世界里须处处提防，严守秘密，然而与我同居一室的梁兄不是读书就是作文，是我眼中的正人君子，这使我渐渐放下心来。我女扮男装常怀心事，他却木讷内敛潜心攻读。相安无事，平添趣味。

有时候我对日诵夜读甚觉枯燥乏味，便捧出从家中带来的围棋，拉了正在秉烛夜读的梁兄对弈。梁兄坚辞不就，连说读书紧要。我兀自收了他的书卷放回到书架，又在书桌上置了棋盘，执子而待。

梁兄这才无奈地一笑，与我对弈。

没有想到，只知道梁兄是个书呆子，不想却精于执子对弈。布局虚虚实实，却纵横相连，胸中似有陈兵百万，守之固若金汤，攻则前后呼应。我自是不敌，败下阵来。

梁兄安慰道："对弈乃嬉戏之道，胜败乃兵家常事。贤弟不必耿耿于怀。"

我挥手笑道："梁兄精于博弈，小弟颇为惊讶。日后可向梁兄多多请教了。"

梁兄说："会稽陈先生授学之余，时常令愚兄陪同对弈，日积月累，学得些皮毛而已。"他还背诵了关于围棋与兵法的一段话：世有围棋之戏，或言是兵法之类也。及为之上者，远其疏张，置以会围，因而成多，得道之胜；中者，则务相绝遮要，以争便求利，故胜负狐疑，须计数而定；下者，则守边隅，趋作罫，以自生于小地，然亦必不如。还说这是陈先生经常以此教导他弈棋悟理，不独兵法，读书亦然。上、中、下三者，全看悟者造化了。

我一边收拾棋子，一边赞叹道："陈先生用心良苦，意在栽培梁兄成为栋梁之材，日后报效国家，而不是让梁兄成为一个之乎者也的冬烘先生。"

梁兄从书架取过书卷，依桌坐下道："贤弟莫要取笑，愚兄天资笨拙，读书甚浅，还说什么栋梁之材，羞煞愚兄了。"

我按下他手中的书卷问道:"学而优则仕。梁兄求学深造,难道没有报国之心?五胡乱华至今,山河破碎,吾朝南迁,偏安一隅。看今人歌舞升平纵情取乐,却无朝不保夕之忧……"

梁兄点头说道:"贤弟所言甚是。愚兄从前的理想是,若有满腹经纶,便设馆授学。今思孔夫子为政以德之论,倘若日后学成,能够就任一处地方父母官,仁德施政,造福一方,亦不枉恩师苦心教诲,这也未尝不可。"

烛光下的梁兄少年老成,言行举止亦是持重,既非矜持,又不张扬。金戈铁马是壮怀激烈的理想,出将入相是心忧天下的宏志,然而对于一个书生而言,教书育人、桃李满天下,或许是直面现实的最佳选择。何况,以梁兄诚实、耿直的品行,为官从政恐怕难以适应官场同僚之厚黑、尔虞我诈之争斗,倒是悖逆了一颗自由的心灵。

正在这时,银心熬了冰糖莲子羹送过来,我与梁兄各一碗,置于书桌上,然后笑道:"夜色已深,两位公子吃了这夜宵,就赶紧休息吧。"

这银心是个机灵人,那日与王先生他们一起下山入城,知道我爱吃甜食,便买了些莲子、银耳、红豆、冰糖来,每至夜晚,熬成甜羹,置食盆于凉水之中多时,这甜羹便是既清凉又鲜甜的消暑佳品了。

梁兄一开始托词不食，说是一向粗茶淡饭，不习惯食用甜品。我知道他是不忍心扰我主仆，便对他说，兄弟之间连一杯羹都不能分食，还奢谈什么有难同当有福同享？梁兄听后语塞，或许是觉得我言之有理，便端碗食用，再无二话。这梁兄着实是个有趣的诚实人。

待银心收拾完毕，已夜阑人静。我洗漱之后上床睡觉，梁兄自是秉烛夜读。有时子夜后醒来，依然见梁兄伏案作文读书，看到他烛光中的背影，心头总是涌起一阵阵的感慨。

山伯探母

秋凉时分，爹爹派人送来银两。那一天正好是上课的日子，银心接下了银两和爹爹的一封家书。我下课回到毓秀阁别院时，银心因是怕来人待得时间一长，得知我与梁兄共居一室，唯恐惹出事端来，已把来人打发回去。爹爹在家书中所写的每一个字，都是他对我说过了一遍又一遍的话。可怜天下父母心！想起爹爹严厉而又关怀的目光，我心一动。原该修书一封，托来人带去问候爹爹的。可是，来人已在回程路上，只好作罢。

梁兄也收到了一封家书。只见他唉声叹气，无心攻读。这是从来没有过的事儿。我问了他好多次，他只是摇头无言。

看他隐藏心事独自叹息，我故意装作生气的样子，与银心去后院山林中散心了。等到回来，梁兄见我依然板着脸，这才把家书交与我。

原来，这是他族人捎来的信，说是梁母病卧在床已有一月，煎服了乡村郎中开的中药，一直未愈，虽然日常起居有族人照料，但是需要银两送她去会稽治病。

梁兄身无分文，为此犯愁难安，他面有愧色地说："可叹我既不能尽孝于母亲病床前，又身无分文给母亲治病……愚兄枉为人子，愧对家母……"

说到伤心处，梁兄哽咽难语。

我让银心取来爹爹派人送来的银两交给梁兄，他坚辞不收。

我正色说道："梁兄休再推辞。小弟既与梁兄结拜，兄之母亲亦即弟之母亲。万望梁兄速回会稽，为母亲治病为紧要。"

梁兄泪光闪烁地作揖拜谢，我赶紧扶起了他。

翌日清晨，我陪梁兄去向王先生告假。王先生自是准假，还说百善孝为先，为人子女定当尽孝。梁兄随身藏妥了银两，又携带了一卷竹简《论语》，旋即匆匆下山而去。

梁兄回到会稽后，我让银心搬过来与我做伴。这毓秀阁别院比较僻静，通常没人过来相扰，所以我与银心如同在家中一般，重拾自由自在的快乐。没有了梁兄潜心攻读带给我的无形压力，我不知不觉地松懈了日常的功课。

奇怪的是，每至夜晚，我的梦中又出现了一对又一对色彩斑斓、自由飞舞的蝴蝶。更多的时候，梦中的我化作一只美丽的彩蝶，但是所有的蝴蝶都不理会我，我只好孤独地飞啊飞，看到一只玉带黑蝶也是孑然一身，便兴冲冲地向它飞舞过去，然而这只孤傲的黑蝶冷漠地向远处飞去了。不管我怎样奋力追逐，它都没有回头看我一眼，更别说与我一起相伴相飞了。始终是这样一段距离，仿佛触手可及，却又相距万水千山。直到我的翅膀再也挥舞不动，精疲力竭地从高空坠落……然后，我从梦中惊醒过来。

屋子里一片昏暗，对面床上银心酣睡的呼吸声清晰可闻。往日里我若夜半醒来，总是看到烛光下的梁兄或持卷而读，或提笔作文，让我心中甚是踏实。这梁兄是个细心人，怕烛光影响我的睡眠，就背对着我，用身子挡住烛光，而且轻手轻脚，悄然无声，从来没有异样的声响惊动过我。午夜梦回，每次醒来，再安心地睡去。可是，今夜梦蝶惊醒，不见梁兄，我却难再入眠。黑暗中幽幽的一声叹息，连我自己也说不清究竟怀了什么心事。

晚秋的万松岭群峰叠翠，蜿蜒起伏，沐浴在落霞余晖之中，万松苍劲，层林尽染。松林间吹拂而来的风儿，带着寂寞的寒意远去。从浙江传来的波涛声在松林间回旋，哗哗作响。这些日子每至傍晚，我和银心来到松林中，无言地站在山冈上，心间如同这秋天的苍穹一般空旷。

一个月后，梁兄回到了书院。那天正是阴雨连绵，我的心头也一片灰暗。中午下课后，我落寞地走出讲学堂，无意中向外望去，只见梁兄步履匆匆地向讲学堂奔来。

梁兄回来了！我的心猛烈地跳动起来，喜出望外地迎向他，惊喜地一把拉住了梁兄的双手——在这一瞬间，我突然意识到了什么，脸颊忽地一热，连忙甩开梁兄的手，我自是不敢与他对视，怕露了破绽。

梁兄爽朗地笑道："贤弟秋安，愚兄日夜兼程，赶回书院来。不知贤弟一向可好？"

我心一宽，未曾应答，两颗泪珠儿却无声地滑落，便掩饰地转过身去。

这时，王先生与许多同学正从讲学堂走出来，梁兄抢前一步，对着王先生作揖问安。

山伯归学

梁兄此次告假回到会稽梁家村，方知母亲是关节疼痛异常，不能下地走路。有一个眉清目秀的女孩儿在家侍候母亲，乍然一见，梁兄想不起来那女孩儿是谁。那女孩儿看到梁兄，赶忙羞涩躲避。俩人没有说上一句话。

梁兄因母亲治病要紧，赶紧与族人一起把母亲送到会稽中医馆医治。名医妙手回春，不到一月，梁母便康复如初。

母子俩一回到家，只见那女孩儿在屋里屋外忙乎着，梁母自是欣喜，梁兄却满腹狐疑。

梁兄见母亲身体已恢复，便欲告辞返回钱塘，继续攻读，不料梁母不准。

原来，梁兄看到的那个女孩儿，是梁家村一户外姓人家的女儿，姓杨名玉儿，芳龄十六。杨家七年前全家迁居在梁家村，而梁兄自幼在外读书，难得回家，故不熟悉。梁母患病卧床前，杨家托人来说媒，欲把女儿许配给梁兄。那女孩儿甚是乖巧，又十分勤劳，在梁母卧床期间，玉儿忙前忙后，请医、抓药、煎药、做饭、炒菜……殷勤侍候梁母，而且把家里仅有的银两也花光了。梁母对玉儿极为中意，所以要儿子终止学业，娶妻生子。

梁兄闻知，急出了满身大汗，慌忙说道："娘……这可使不得，儿子学业为重，不能半途而废，否则……如何告慰父亲大人在天之灵，还有陈先生的苦心厚望……"

梁母打断儿子的话，说道："山伯，娘知道你一心读书，为的是光宗耀祖。可是娘已老了，希望我儿赶紧成家立业。娘有一个好媳妇，再抱上孙子，就知足了。"

梁兄是个孝子，见娘心意已定，不可违拗，赶紧去会稽请来了陈先生。

陈先生与梁母长谈了半天，诚恳地说道："山伯读书，颇有慧心，学业精进，日后可为国家栋梁之材。如果现在放弃深造，娶妻生子，真正是可惜了。"

梁母素来敬重陈先生，儿子钱塘求学，亦是陈先生出资，并时常周济她生活费用。梁母深知陈先生良苦用心，是为了山伯学业有成，培养成才。梁母思虑一番，便应允儿子继续返回钱塘读书。

梁母唤过儿子，叮嘱道："山伯，两年后你学成归来，便娶了玉儿成家吧，娘喜欢这个媳妇。"

梁兄对娘说："娘，春秋往复，不知会生何变故。况且儿子学成，未知何处就职。您让杨家另择佳婿吧，别耽误了人家。"

陈先生也在一旁说："山伯言之有理，婚姻大事不宜匆忙定夺，还是待山伯完成深造之后，再相机而定为好。"

梁母叹道："也只好如此了。"

而后，梁母请来杨家父母，由陈先生说明了缘由，杨家父母虽不识文断字，但亦敬重先生，且先生所说合情合理，连连点头称是。到了最后，杨家父母提出要让女儿认梁母为干娘，他们说："我家就这么一个独生女儿，她也是一个懂事的孩子，毕竟村里人都知道我家提过媒了，若就此作罢，会惹人耻笑，不如结门亲戚。一来山伯在钱塘求学，玉儿可常来照料干娘；二来山伯日后成就了功名，还望多多帮衬妹妹才好。"

陈先生在旁一听，鼓掌笑道："如此甚好，两全其美！"

梁母搂过玉儿，开颜欢笑起来。娶不成媳妇，多了个女儿，实是天上掉下来的美事。

梁兄这才放下心来，辞别了母亲，急匆匆赶回钱塘万松书院。

梁兄是个实诚人，一回到书院就把给母亲治病、推辞婚事的经过，一五一十地对我说了。

听完梁兄的讲述，我不禁脱口而出："阿弥陀佛……"

梁兄不解地看着我。我忽觉脸上一热，便故意取笑道："小弟着实为梁兄可惜呢，家有美女你不娶，偏上钱塘来寒窗苦读，所为何来？"

梁兄摇手道："贤弟休要取笑愚兄了。大学曰：物格而后知至，知至而后意诚，意诚而后心正，心正而后身修，身修而后家齐，家齐而后国治，国治而后天下平。而今，愚兄连格物致知犹迷惘无知，诚意正心，修身齐家，实是漫漫无涯，娶妻生子为时过早。"

我又笑道："莫非梁兄欲成圣人？"

梁兄肃然道："非也，非也。然而大丈夫如只拘泥于家事，必无所修为。"

梁兄哪知我与他抬杠的复杂心理！我心如明镜，而梁兄是蒙在鼓里。

同窗共读

梁兄回到书院后，因为母亲病愈，心空放晴，潜心攻读更胜往日。学有所悟，文思泉涌，作成数篇妙文佳构，深得王先生赞赏。每当晚餐毕，我欲邀梁兄执子对弈，或聊天闲谈，他都谢绝了，说是不可虚掷光阴而荒废学业。

我暗自一叹："这书呆子！"其实心底里是被梁兄折服的。

时已冬季，天寒地冻。银心下山入城买来了木炭，让我与梁兄围炉夜读，御寒取暖。梁兄觉得燃炭夜读甚是奢侈，他对于严寒酷暑早已安之若素，只要沉浸在书卷中，纵然是冰天雪地犹觉温暖如春，哪怕七月流火亦是清凉袭人。我对梁兄的从容定力倍感敬佩，读书至此，已臻化境！

我每夜入睡后，梁兄必把炭盆移到我床前，然后回到书桌前持卷再读。

然而这样平淡无奇的日子，我深感了无意趣。这一晚我端坐书桌前，故意摇头晃脑地放开嗓子背诵了《诗经》中的《蒹葭》：

> 蒹葭苍苍，白露为霜。所谓伊人，在水一方。
>
> 溯洄从之，道阻且长。溯游从之，宛在水中央。
>
> 蒹葭萋萋，白露未晞。所谓伊人，在水之湄。
>
> 溯洄从之，道阻且跻。溯游从之，宛在水中坻。
>
> 蒹葭采采，白露未已。所谓伊人，在水之涘。
>
> 溯洄从之，道阻且右。溯游从之，宛在水中沚。

起初，梁兄对我这样高声诵读颇为惊诧，又不好意思打断我，只好放下书卷，耐下性子听我读诗。听到后来，他竟入了神。直至我读完，他依然凝思。我不禁偷偷地一笑。

梁兄鼓掌叹道："如此艳词丽句，一唱三叹，余音绕梁，不知出自何处？"

我作势讥笑道："梁兄还是赶紧读《论语》《中庸》为要。小弟多有打扰之处，梁兄海涵。"

同窗共读

梁兄面有愧色，抱拳作揖道："愚兄孤陋寡闻，见识粗浅。还望贤弟示教。诗中伊人，在水一方，莫非贤弟惦念心上人？"

我哈哈一笑："梁兄固然谬解，此乃孔夫子编选的《诗经》中秦风篇《蒹葭》一诗，昔日子曰：诗三百，一言以蔽之，曰：'思无邪'。可见纯正风雅。梁兄为何有小弟惦念心上人之说？教我甚是好笑。"

梁兄越发恐慌了，脸色红了起来，嗫嚅道："愚兄从未读过《诗经》，只是从贤弟所吟诗句表面而解，仿佛是说有一位痴情恋者正踯躅秋水之畔，溯游从之，似乎在急切地追寻着心上人。而那伊人在水一方，但一水盈盈，道阻且长，求而不得。故而曲解，贤弟休再取笑……"

梁兄是个诚实的正人君子，我若再捉弄他，就显得不厚道了。令梁兄难堪，非我本意，亦不忍心。我便莞尔一笑："《诗经》中的《关雎》云：关关雎鸠，在河之洲。窈窕淑女，君子好逑。倒是直截了当表达了男女之情。不知梁兄读过否？"

我这一笑一颦，惊觉自己露了女儿之态，立即警醒过来。幸好梁兄沉浸在诗句中，没有注意到我的神态。他复诵了一遍《关雎》中的诗句，摇头叹道："好诗句，可惜我未曾读过。"

我把话题转回到《蒹葭》来："梁兄所解《蒹葭》，古来亦有此说。小弟读诗另有所悟，道与梁兄雅正。诗中所谓伊人，或称隐者贤达之士，世人求贤若渴又求之不得。或如同攻读深造，求获圣贤之道，溯洄从之，溯游从之，虽历尽千辛万苦，亦难得圣贤之真谛。"

梁兄双目放光，击掌叹道："贤弟妙解！愚兄如醍醐灌顶，茅塞顿开。未知贤弟是否带来《诗经》？"

我这番鼓动，梁兄果真动心了。我在上虞书馆谢应之先生门下求学时，读到这部《诗经》后欣喜若狂，功课之余一笔一画、工工整整地全部抄录了下来。这册竹简，我十分珍爱，随身携带。

我从枕边取来《诗经》，看到梁兄急切地伸手欲取，我赶紧收于胸前，故意担忧地说："如果有碍于梁兄攻读，小弟会于心不安的。"

梁兄笑道："'思无邪'三字，乃圣人定论，当是可读之书，贤弟多虑了。"

我这才把《诗经》交与梁兄，这个书呆子接过书卷埋头便读。

朝吟风雅颂，暮唱赋比兴；秋看鱼虫乐，春观草木情。梁兄长期沉迷于孔孟之道，心无别注，成了一个老气横秋的书呆子。待他如饥似渴地读了数日《诗经》后，我俩谈论的话题渐渐地多了些情趣。梁兄真是痴迷读书，他对风、雅、颂中的每一则诗篇，必要细加研习求解，否则夜卧难眠。而我则是虽好读书，却不求甚解。这就是我与梁兄读书的殊异之处。因而，梁兄读书往往深得精义，我却只意会在心。若认真理论起来，梁兄所论必有出典，其解必有依据。这是我极其羡慕的。然而，每当评诗衡文，我就故意别出机杼，胡乱解读，与梁兄抬杠，梁兄则较真地解析辩驳，俩人争论得面红耳赤不可开交。银心时常莫名其妙，从隔壁屋子跑过来对我俩劝解一番。我心中自是欢快，一是梁兄如此神态甚是可爱，二则借梁兄深入剖析对诗文解读越深。

又是一晚。屋外北风呼啸，屋内围炉夜读。梁兄给我读了《诗经》中的《桃夭》：

桃之夭夭，灼灼其华。之子于归，宜其室家。桃之夭夭，有蕡其实。之子于归，宜其家室。桃之夭夭，其叶蓁蓁。之子于归，宜其家人。

然后他感叹道："桃之夭夭，灼灼其华。一个美丽的新娘形象跃然纸上，又宜室宜家，可见品德兼美。贤弟日后择婆——"突然，梁兄语止。

我正盯着书卷读诗，并体会梁兄诗论，忽觉梁兄无声，连忙抬头看他。只见他惊讶地看着我的耳朵——我下意识地双手掩面，又觉不妥，尴尬地放下手来。我知道我的脸色早已红了，幸好黑灯瞎火掩饰了我的窘态。只听梁兄疑惑地问道："从来只有女儿戴耳环，为何贤弟也有耳环眼痕？"

我故意哈哈一笑，沉着地说道："我道梁兄为何发呆，原来为这耳环眼痕。此事说来甚是好笑。小弟少儿时身体娇小，又眉清目秀，貌如女孩儿。祝家庄年年有庙会，庄子里的人让我扮观音菩萨，就穿了耳洞戴上耳环。那时小弟年少无知不懂事，只要好玩尽兴都愿意，这耳环眼痕就留下来了。"

梁兄点头笑道："原来如此，果然有趣。"

我对梁兄说："若是有缘，日后祝家庄如遇庙会，小弟邀请梁兄前来观看。只是，小弟已不再扮演观音菩萨了。"

我这么一说，激起了梁兄的兴趣，他击掌说道："贤弟到时可别忘了，愚兄定当赴约。"

而后，我坦然地收起了《诗经》，放回书架，肃然说道："我与梁兄继续攻读圣贤书吧，否则误了梁兄学业，恩师怪罪下来，全是小弟的不是。"

梁兄愣了一下，继而释然。其实，我是唯恐与梁兄这样近距离的读诗评文早晚会露出破绽来，不小心会坏了学业大事。我必须刻意与梁兄保持距离，那是一个女儿与一个男子之间难以逾越的千古距离。

在这以后，我与梁兄没再共读品赏《诗经》。

直到后来我辞学回家，梁兄十八里相送，在两相分别时，我对梁兄吟道:"死生契阔,与子成说。执子之手,与子偕老。"

梁兄听了又要寻根刨底,我一转身向前走去,泪水涌了出来。

那时,我手抄的《诗经》已经赠送给梁兄,就让他自个儿慢慢找吧。

爹爹逼嫁

外面人声鼎沸，鼓乐齐鸣，爆竹声声。马家娶亲的人到了。

整个祝家庄都喜气洋洋，只有我万念俱灰，冷若冰霜。还有侍立身边的银心，她亦是满怀悲戚。

一阵纷乱的脚步声自楼梯处传来，爹爹神色焦灼地奔上楼来，对银心吼道："你这丫头痴痴呆呆的，到了这个时候怎么还不侍候小姐更衣换装？"

银心惶恐不安地看着我。我护着银心，凄惨地对爹爹笑了一下道："爹爹何必这么着急地逼我去死呢？"

我看到爹爹先是惊呆，而后暴怒，他阴沉而又威严地说："今天是你大喜的日子，可千万别惹出大逆不道的事端来，毁了祝家的清白名节。"

爹爹这番话说得色厉而内荏，他害怕我做出令他颜面尽失的事儿。知女莫如父，他知道自己的女儿任性而又刚烈。

见我沉默相对，爹爹怒气冲冲地拂袖而去。

爹爹，女儿我没有听从您的安排，是个不孝之女；女儿我不能接受这场婚姻，是为了守护我的爱情。

自从我得知自己已被爹爹许配马家，父女俩不知争吵过多少回了。在我无数次的哭诉中，爹爹早已了解我与梁兄的深情挚爱，难以割舍。然而，我与梁兄私订终身的这份姻缘，爹爹却是铁石心肠，不予理会。

他不止一次地板着脸训斥我道："儿女婚姻大事，父母之命，媒妁之言，自古以来天经地义。岂可私订终身？伤风败俗，有辱门庭。"

他绝不能退了马家这门亲事，也绝不会接受梁山伯为婿，只因为爹爹已经允了马家媒，受了马家聘，喝了马家酒。人无信而不立。爹爹一再对我这样说。而我失信于梁兄，爹爹却认为这私订终身本来就是荒唐的行径，礼法不容的事。

我知道爹爹的良苦用心，他是个知书达理的读书人，又在官场上沉浮了大半辈子，他不能擅自失信于他人，惹人耻笑。他情愿牺牲女儿的幸福——何况他坚定地认为马家这门亲事是天赐良缘，这是世上多少女儿家烧香拜佛也祈求不到的福分。

我与爹爹的每一次激烈争吵，伤透了相依为命的父女之情。我的固执任性，总是让爹爹恼羞成怒，尤其是我以死相争的极端方式，令爹爹伤心不已。有时候他暴跳如雷，有时候他又苦口婆心，试图以恩威并重迫使我就范。

后来得知梁兄已赴任鄞县县令时，爹爹曾经对我这样说过："梁山伯是贤良方正之士，前途不可限量，为父若知你俩早已两心相许，断然不会再把你许给马家了。然而事已至此，木已成舟，为父如何能退了马家亲事而成全梁祝姻缘？"

我知道，爹爹的这番话，是发自内心的实话。

在梁兄猝然病逝的消息传来之后，我痛不欲生，重病在床。有一次爹爹前来探视，神色黯然。我困于情殇，命若游丝，爹爹不禁老泪纵横。他知道梁山伯是为了英台积郁成疾、含恨而死的，在这出悲剧中，爹爹扮演了怎样一个角色，他自己是一清二楚的。爹爹坐在我的床前，满怀愧疚地拉着我的手，关爱之情溢于言表，他沉重地说道："梁贤侄虽是青年才俊，只叹命薄福浅。既是无缘聚首，我儿务必节哀珍重才是。"

我闭目无言，任泪水如泉涌，一次又一次地湿了枕巾。我不忍心尖锐或者刻薄地指责爹爹，毕竟他是生我、育我的父亲，我只为梁兄、为自己的命运哀伤不已。

高墙大院的祝府，紧锁着这般生死悲情，院内院外的人们皆不知晓。我与爹爹是水火不容的主角，在这祝府中演绎着痛彻肺腑的人间悲剧，唯一的观众就是与我形影不离的银心——她亦是置身于这幕悲剧中，与我共伤痛，同悲戚。

在祝家庄，我唯一的知心姐妹是六姐英华。我去钱塘求学前，英华正与赵姓小木匠热恋着，因为这场无望的情爱，英华烦恼不已。英华曾经对我这样说："九妹，这感情上的事，哪有这么简单？怕是抽刀断水水更流，身不由己。"那时我是旁观者，懵懂不知，如今我置身其中，方知英华此言不虚。

我自钱塘回家，一直与爹爹为马祝联姻的事而纠结不已，独自沉浸在忧伤、悲凉之中，没有想过六姐英华的恋情现在究竟怎么样了，奇怪的是，她应该知道我已回家，可是她一直杳无音讯。

我让银心去请英华过来，我要向她倾诉满腹心事。

银心脸色惨白地回来，流着眼泪告诉了我一个噩耗：在我离家求学一年后的初夏，英华与赵姓小木匠双双跳河殉情了。

如同晴天霹雳，我呆若木鸡。

银心找来了英华的丫鬟，在她断断续续的哭诉中，我才知道：英华与赵姓小木匠陷入情网之后，情真意切，难舍难分。后来，热恋之中的两个青春人儿偷尝禁果，一不小心，英华怀孕了。英华的爹娘知道英华自许终身，且私情怀孕，如天塌地陷一般，把英华关起来严加拷问，责骂英华大逆不道，伤风败俗，必要棒打鸳鸯两分离。英华忍受疼痛，兀自沉默不语。如此数日，英华茶饭不思，夜不能寐，身子骨日渐消瘦。

赵姓小木匠闻悉此事，闯进祝府，与英华一起跪求哭告，然而英华的爹娘岂能容忍这般孽缘，认为这是祝家的奇耻大辱。英华的爹爹严命家佣把小姐锁在闺房，指使家佣用棍棒把赵姓小木匠打出了祝府，打得他遍体鳞伤，爬回家去。

赵姓小木匠不死心，待养好身体后，又一次来到了祝府，跪在门外哭喊着英华的名字，恳求祝家老爷成全他们的姻缘。英华的爹爹怒发冲冠，带了一群家佣冲出门来，对着赵姓小木匠拳打脚踢，他吼道："你若再来纠缠英华，我便把你打死在祝家庄，还要放火烧了你家……"

满脸是血的赵姓小木匠向英华的爹爹一边磕头，一边泣求。英华的爹爹越发恼怒，自己动手找了根粗大的棍棒，没头没脑打向赵姓小木匠，以泄心头之恨。

祝家族人听到动静，纷纷赶了出来，围上前去，劝解英华的爹爹。英华的爹爹正在盛怒中，对赵姓小木匠不死不休地打下去，我爹爹冲上前去，厉声喝道："住手！你再这样胡闹下去，非要闹出人命来不可，是不是这样可为祝家光宗耀祖？"英华的爹爹这才放下了棍棒。

爹爹吩咐族中后生速速把昏迷在地的赵姓小木匠抬走送医。

为了英华的事，爹爹即刻召集了祝氏家族会议，讨论如何处置此事。祝大爹与几位老族人认为，姻缘天定，不如顺水推舟，成全了两个孩子吧。然而，英华的爹爹暴跳如雷地说道："无论如何，英华不可嫁与那穷小子。"爹爹作为祝氏族长，自是不认同这桩门不当户不对的婚姻，但英华已犯下这等大逆之事，若不妥加处置，闹出了人性命，岂不是天大的丑闻，丢的可是祝家人的脸面。不如配了姻缘，遮过这羞，然而，毕竟英华是堂兄的女儿，纵是有心成全，也不能擅自做了这主，最后，爹爹只好含糊道："此乃婚姻大事，且容从长计议。"

一个月后，英华趁爹娘一时放松了看管，在丫鬟的协助下，溜出了祝府，找到赵姓小木匠，这对苦命鸳鸯抱头痛哭，他们觉得上天无路入地无门了，无边无际的黑暗让他们陷入了深深的绝望。细心的英华吩咐丫鬟赶紧回府，装作一无所知的样子，否则恐有性命之虞。待丫鬟含泪离去后，英华与赵姓小木匠决然以死殉情，手挽手跃入了玉水河。

翌日，英华的家人才发现小姐失踪了，赶忙派人四处寻找，终于在玉水河中发现了英华与赵姓小木匠的尸体。组织打捞的人都是祝家庄的青壮汉子，他们看到英华与赵姓小木匠虽已香消玉殒，但依然相互紧攥着对方的手，立时，一片悲恸声在玉水河上猛然响起，祝家庄的每一个人无不流下了痛惜的泪水。

英华与赵姓小木匠既死，双方老人皆悲痛不已，配了阴婚，把他俩葬在了祝家庄后的凤亭山上。

我伤心地大哭起来。英华刚烈赴死已两年，可是爹爹在鸿雁往返中，从来不曾提起过此事。我回来这么久了，也未听爹爹吐露半分，莫非他怕我重蹈英华的悲剧覆辙？

我在英华的丫鬟和银心搀扶下，来到了凤亭山，面对英华与赵姓小木匠的坟茔，我的心疼痛不已。

六姐，我的好姐姐！你曾说过，绝不能辜负了自己的心，如今你真的为情而死了。曾经相约，我要做你的伴娘，现在却是你在坟中，我在墓外，唯有哀号悲恸，洒泪祭奠。

我这才理解了当年英华面临的担心与痛苦，不料如今我也处在了这样的生死关头，无可奈何花落去，谁可拯救英华？谁可拯救英台？

从凤亭山祭奠六姐回来，我更是消沉忧伤。

我的情殇沉疴，爹爹看在眼里，愁容满面，而出了祝府，他只能强作欢颜，与昔日的同僚旧友把酒言欢，与势大财粗的马家推杯换盏，为病体难愈的女儿订下了今天出嫁的黄道吉日。

因为我与梁兄的情缘纠葛，爹爹把我的婚期从去年的金秋延期到今年的新春。

爹爹或许以为，流逝的时光会带走我往日所有的伤痛，只要我嫁入马家门，拥有琴瑟相谐的夫妻生活，便会淡忘了长逝人间的梁山伯。

不一会儿，花枝招展的孙媒婆满头大汗地上得楼来，夸张地捶胸顿足，尖着嗓子嚷道："哎哟我的大小姐，你怎么还摆着架子不上轿？马家公子都等急了，还不快快换了红装做新娘？"

我冷漠地转过身子，望向窗外。已是午时了，春天的阳光温和而又鲜艳，远处的绿树，近旁的红花，无不生机盎然，绚丽可人。

孙媒婆蹿到我的眼前，哭丧着脸儿说："大小姐呀，今天马家婆亲浩浩荡荡，轰动四乡八邻。祝家庄高朋满座，亲友盈门。大小姐若不上轿，就算老身丢得起这张脸，马太守与祝员外恐怕从此以后难再做人……"

我漠然地挥挥手吩咐银心把孙媒婆请下楼去，银心推着孙媒婆往外走，孙媒婆回头喊着："大小姐，马家有势又有财，马公子一表人才文采风流，马祝联姻门当户对，这样的姻缘是天作之合，十全十美……"

我曾经见过一次孙媒婆。据说她是这一带有名的媒婆，常年涂脂抹粉，衣着光鲜，扭动着柔软的腰肢穿梭在名门望族，凭着三寸不烂之舌到处穿针引线，配婚联姻。因为我不从父命，拒绝马家亲事，爹爹让银心把孙媒婆带到了毓秀阁。这孙媒婆确有过人之处，她人还在楼梯上，笑声早已飘了进来。我正伏案读诗，诧异之间，忽闻一阵阵脂粉异香袭来。抬头看时，她已到了我眼前。

孙媒婆察言观色甚是了得，对我说的第一句话居然是："哎哟祝小姐，老身走过千家百户，似祝小姐这般用心读书的，只看到过一个人，就是马家公子马文才。"

她没有喋喋不休地夸耀马家的权势和财富，而是一个劲儿地称赞马公子藏书万卷，刻苦攻读，既通书画技法，又擅锦绣文章。任她唾沫横飞，动作夸张，我兀自盯着书卷，不予理会。孙媒婆滔滔不绝说了大半日，看到我无动于衷，便悻悻离去。

她纵然是天花乱坠，我只看到落叶满地。我在心底冷笑了一下，眼前掠过梁兄儒雅、俊朗的形象，我的心疼痛着。

文才闹学

马太守的儿子马文才是我与梁兄在万松书院求学的第二年春上，带了两个陪读书童前来求学的。

春节之后，万松书院正好有两个学子辞学，王先生就把马文才与两个书童安排在一间书院宿舍中。我在马文才的入学仪式上，第一次看到了这个锦衣玉食的马家公子，模样倒是长得一表人才，可惜的是，其言行举止显得轻浮。

记得那次入学仪式结束，王先生正要讲课，马文才忽地站起来，不满地对王先生说道："王先生处事不公，枉为人师。"

座下学子听得真切，不禁一惊。讲堂上的王先生不露声色，目光如炬地盯着马文才，肃然道："马文才何出此言？"

马文才说："先生把我主仆安置一室，与众学兄为伍，唯独把梁山伯、祝信斋另置于毓秀阁别院，岂不是处事不公？"

王先生冷笑道："君子若只拘泥于一粟一床，何来修身有为？"

马文才不以为然，厚着脸皮说："先生就让我住到毓秀阁雅室吧，家父定有重酬相谢……"

看得出来，性情狂狷的王先生已是怒发冲冠，火山随时要爆发——然而，只见他平静地指着门口对马文才说："老夫就要开课，若再无理纠缠，休怪老夫把你逐出讲学堂。"

马文才这才悻悻地坐下听课。

讲学堂上这个插曲，让我打心眼里瞧不起马家公子了，从此对他不屑一顾。后来我与梁兄说起此事，犹愤愤不平。梁兄亦有同感道："这马家公子过惯了公子哥的生活，天地君亲师的礼仪都丧尽了，只以为钱能通神，岂不知王先生特立独行，傲然清高！"

马文才果真是个活宝。几乎很少见到他在讲学堂上听课，更不见他赋诗作文，倒是常常听得有同窗在背后议论他，说马文才是奉了父亲马太守之命，而无奈入学的，可是他根本无心攻读。借着读书的幌子，离开了家人的视线，马文才更是无所顾忌，任性胡为。他带了两个书童，整日里在山下狎妓斗酒，甚至宿醉不归。

忽有一晚，夜已深了。这浪荡公子把一个歌伎带到了万松书院。

那歌伎涂脂抹粉，举止妖艳，浮声浪气地唱着小曲儿。喝得醉醺醺的马文才带着她敲开了一间又一间同窗学子的宿舍，逛了一遍，又往毓秀阁别院而来。那些秉烛夜读的同窗学子看到马文才牵着歌伎的手，又搂又亲的，全都惊得目瞪口呆。有几个同窗学子还好奇地跟着过来。

我与梁兄正对烛攻读，听得马文才在门外叫嚷着，梁兄叹了口气，放下书卷，离桌前去打开了门，酒气冲天的马文才牵着歌伎的手儿，跌跌撞撞地进了屋子。

梁兄大惊失色，阻拦道："马公子，你赶紧带了她……出去吧……"

马文才嬉皮笑脸地说："梁山伯……我……我让她来……唱曲解闷儿……"又转到我身边，打了个酒嗝，说道："祝信斋……呃……你……看看，她美若天仙……哈哈哈……"

门口挤满了看热闹的同窗。屋子里弥漫起酒气与脂粉味。我厌恶地站起身子，对马文才高声喝道："马文才，你太过分了！"

马文才哈哈大笑，指着歌伎喊道："你……你……快唱支曲儿来……助兴……"

那妖媚的歌伎嫣然一笑，清唱起来：

宿昔不梳头，

丝发披两肩。

婉伸郎膝上，

何处不可怜！

擎枕北窗卧，

郎来就侬嬉。

小喜多唐突，

相怜能几时？

……

　　歌伎音色清亮，唱得婉转幽切。马文才听得摇头晃脑。我紧皱双眉，看了一眼梁兄，只见他手足无措，不知如何是好。挤在门口的那些同窗听得呆了，两眼发直。马文才带来的两个书童嬉笑着拍手叫好。

　　忽听得有人喊道："王先生来了……"挤在门口的同窗学子立即闪开一条道来，只见书院里的那个白净的小书童引着王先生进屋来，歌伎的声音戛然而止。王先生黑着脸走到马文才身边，厉声喝道："你在书院胡作非为，成何体统？"

　　王先生气愤得连声音都发抖了。梁兄赶紧上前，扶着王先生。

　　烛光下的马文才听得王先生一声怒喝，酒醒了一半，定神一看是王先生，知道自己闯祸了，便涨红了脸，慌慌张张地拉起那歌伎的手，一溜烟地飞奔离去。

第二天，王先生修书一封，着人快马加鞭送往马太守府。约半月后，马太守亲自赶到了万松书院。

后来，听得那个白净的小书童说，马太守给王先生既送厚礼，又说好话，还命马文才向王先生跪拜认错，叩求王先生再给马文才一个悔过自新的机会。可是王先生兀自背着身子，冷冷地把马文才逐出了师门。

马太守无可奈何地把不争气的马文才带回了鄞县的太守府，万松书院这才恢复了宁静。

钱塘游玩

　　朝逝夕往，春来秋去。在钱塘万松书院攻读的日子里，我的身子，日益成熟、饱满起来。那紧身百蝶衣几乎已无法扣住了，尤其是到了夏天，百蝶衣下的身子闷热得令我难以喘气，可我又不敢松了衣衫。

　　梁兄始终潜心攻读，学业精进。我叹服梁兄的修为，亦严谨功课。因而，我俩的读书心得常常被王先生称之为锦绣文章，树为书院学子的典范。我记忆最深刻的是王先生这样评价我与梁兄的文章："梁山伯其文敦厚而又端重，祝信斋其文娟秀不失英气，无不意旨深远，志向宏大。"

万松书院是个读书的好地方，王先生又是个学问高深、为人随和的老师，所以每年有许多莘莘学子前来深造攻读，书院渐渐地热闹起来。当然，也有忍受不了寂寞寒窗的同学，辞学返乡。

我与梁兄如影随形，习惯了同窗共砚的日子，心头渐渐地有了依恋的感觉，有一种说不清、道不明的情愫始终深深地缠绕着我。蒙在鼓里的梁兄，哪里知道一个少女的心事！有时候看到梁兄埋头功课的样子，我便会怔怔地独自发呆，暗生烦恼。

又是一个炎夏酷暑。趁休学日，我拉了银心约梁兄下山进城游玩。梁兄却端坐于书桌前对着书卷用功，我恼怒地使劲儿关了门，与银心一起径自往外走。这呆鹅一般的梁兄，就知道死读书，一点儿不解风情。我的脸色一定很难看，否则银心不会把我拦下来，让我到树荫中小憩一会。

我坐在石凳上，气不打一处来。

银心打趣道："看把小姐恼得心神不定，人家梁公子又不知道你是千金小姐，何苦这么伤心呢？"

听得银心又吐出"小姐"两字，不禁让我一阵紧张，四下张望，所幸没有他人，低头一思量，便释然一笑。

我和银心刚走到书院牌坊处，只见那呆子赶了上来，对着我憨厚地笑了笑。我故意扭头不理他，心底里却暗生欢喜。

我们游了湖，赏了荷，然后在酒肆吃罢中餐，便沿湖堤信步闲走。看梁兄早已心不在焉，我就知道他是碍于兄弟情分，才身不由己地跟着我一路闲逛。我兴致勃勃地与他东拉西扯，他只是唯唯应诺，甚是有趣。一路走去，忽见一山，树木葱茏，怪石峥嵘。我便来了玩兴，加快步子上山去。银心与梁兄赶紧跟了过来。这山固然是奇特。那些奇岩怪石悬者欲倾，翘者似飞，而且造型又像形似物，或如蛟龙，或如奔象，或如卧虎，或如惊猿。我与银心兴奋地四下奔走，嬉笑观望。身后的梁兄一个劲儿叮嘱我俩小心行走，不一会儿也对嶙峋怪石产生了兴趣。

崖边一棵参天古木依着一块状如猴子的岩石，梁兄围着树石仔细观摩了许久，顿然叹道："这不是金猴攀树吗？这自然造化如此神奇，教人不可思议。真是绝妙！"

我和银心上前一看，果真惟妙惟肖。我们玩累了，找了树荫下的山石坐下休息。山间凉风回旋，没有丝毫暑气。

梁兄坐在我的对面，怡然说道："这钱塘的湖光山色，恰似人间天堂。"

我正站了身子，仰头极目远望蓝天白云，又听得梁兄惊叹："贤弟你肤如凝脂，润如白玉，又玉树临风，愚兄好有一比：才比宋玉，貌似潘岳。"

我倏然双颊一热，收回目光，佯装恼怒道："梁兄何故取笑小弟？可知我对这两个男子素无好感。宋玉师承屈原，虽才情奇崛，却无屈原风骨；那潘岳更是可笑，什么掷果盈车，我才不稀罕他呢。"我这一急，说的话有些不着边际，违心之论颇多偏激。

梁兄有些慌张地站起来，对我作揖道歉："愚兄失言冒犯，贤弟千万恕罪。只是——"他看了一眼我的脸色，然后小心地说道："贤弟所评宋玉、潘岳，愚兄多有不解之处。屈原之《离骚》，宋玉之《九辩》，皆为辞赋之千秋典范。潘岳不仅妙有姿容，且有锦绣文才，尤其对结发妻子一往情深，悼亡诗三首缠绵悱恻情真意切。"

梁兄此说甚是有理，然我强词夺理道："屈原为情造文，宋玉为文造情，可见殊异。潘岳最终趋炎附势，身首异处，可悲之极。"

说真的，我心中真正追慕的文人雅士是家乡先贤、魏晋名士嵇叔夜，他以老子、庄周为师，是一个龙章凤姿、绝世奇才的美男子，且桀骜不驯，孤标傲世。嵇叔夜归隐乡间打铁而坚辞为官，堪为美谈，流传至今。惜天地之大，容不下一个嵇叔夜。文帝听信谗言，诛杀了嵇叔夜。伟哉嵇叔夜，虽临刑而神色不变，索琴弹奏一曲《广陵散》之后，从容就戮赴死。

梁兄听了我说起的嵇叔夜生平事，不禁感叹："广陵绝响，美玉裂帛。"

我背诵了嵇叔夜的诗句："目送归鸿。手挥五弦。俯仰自得。游心太玄。"而后叹道："嵇叔夜以琴、以笔生活在自由的理想境界中，非汤武而薄周孔，越名教而任自然，却惹来杀身之祸。嵇叔夜在生命大限来临之时，亦安然从容，真正是人间名士，世间高人。"

这样一来二去，不觉日已偏西。三人下得峰来，见一汪泉水掩映在绿荫深处，喷涌不息，飞珠溅玉。一股凉意袭来，令人身心清澈。我向前望去，不远处有一寺庙，山门题曰："绝胜觉场"。忽然想起有一次课后闲聊，王先生说过钱塘湖畔这座寺庙，乃天竺僧人慧理所建。寺前有飞来峰，寺后为北高峰，密林清泉，幽静雅致。天竺僧人认为这是"仙灵所隐"之处，故名"灵隐寺"。我们刚才游玩的奇岩怪石的山峰，想来就是飞来峰。

我兴奋地喊道："梁兄、银心，我们进寺烧香去——"一语未了，我的脚下一滑，身子失了重心，一反手没有拉住身边的树枝，猛地跌往岩石外。身边的梁兄和银心待到反应过来，欲伸手拉我时，我已坠落在路边的草丛。梁兄、银心急匆匆赶过来扶起我，晕晕乎乎的我觉得左脚钻心地痛，站立不住跌坐下去。银心急得花容失色，梁兄也是焦虑不安。我知道这一摔已不幸崴脚了，幸好落差只有书桌高低的模样，否则我的小命就断送在这冷泉畔了。

我躺在银心的怀里，梁兄给我脱了鞋子，察看伤势。我起身看了一下，足踝处有些红肿。因为疼痛，我的额头上渗出汗珠来。梁兄掏出手帕，去泉水处浸湿，折回来拭去我额头的汗水，然后又去洗净，把手帕敷在我左脚伤处。瞬间我觉得足踝处凉爽得很舒服。梁兄就地坐下，把我的左脚放在他的大腿上，轻轻地揉搓着足踝的红肿处。我的心儿既羞又喜。

我感觉到疼痛似乎已消失了，看到天色渐渐地暗了下来，就让银心扶我起来，赶回书院去。然而疼痛依然，无法行走，心中便有点着急。梁兄在我面前蹲了下来，要背我回去。我的心儿怦怦直跳，待着没动。从这飞来峰到万松岭，这么远的路程，而且又是上山，梁兄背着我走一定是受不了的。不如今晚找家驿馆住下，或许明天我就能走路了。可是，梁兄不由分说，背起我就往回走。我第一次与一个男子如此零距离地接触，男子的气息裹挟着我的意识，他的呼吸声清晰可辨，令我的心头一阵晕眩。

梁兄是个柔弱书生，然而却是十分倔强。背着我一连走了数里地，尽管他早已气喘吁吁，汗流浃背，但是他没有停歇的意思，继续往前赶路。我想梁兄一定已是既饿又累了，不能再往前走了，否则要把他累坏的。跟在后面的银心早就嚷着肚子饿了，正好前边山脚下有家面馆亮着灯笼，门口放着几张餐桌，我们三人就过去坐了下来。

借着灯光，我看到梁兄的头发、衣服都湿透了，我不禁涌起怜惜之情。银心让满脸堆笑的店主炒了三四盘菜，要来三碗凉拌面。梁兄确实饿了，我刚吃了几口菜，他已狼吞虎咽地吃完了凉拌面，然后不好意思地对我笑笑。我正要把自己的那碗面条推给他，机灵的银心已给梁兄再添了碗面条。

等到填饱了肚子，梁兄又背起我赶路。我趴在梁兄的背上，对他说了些满怀歉意的感激话，梁兄不以为然地对我说："贤弟这样说就见外了，兄弟之间可以同生死共患难，这区区小事何足挂齿？"后来他又笑道："贤弟日常用餐太少，身子这样单薄，愚兄背负着行走不觉沉重。贤弟不必内疚。"

话虽如此，上万松岭的山路毕竟不是平地，我感觉到梁兄的脚步渐渐地慢了下来。心底里溢出来的感动，令我的双眼渐渐地湿润了。

在我从飞来峰的岩石上大意地崴了脚之后，梁兄焦虑的目光，细心的呵护，温和的抚慰，如春风一般吹拂而过，在我平静的心湖上漾起了一层又一层涟漪。梁兄，我真愿意就让你这样背着，走遍万水千山，走到天涯海角，走向生命的终点！

满腹心事

我的心事只有银心知道，这世界上没有另外一个人知道我的秘密。朝夕相处的梁兄亦是懵懂不知，他只知道同窗共砚的是一个义结金兰的兄弟，他只知道同居一室的是一个任性可爱的兄弟。即使我满腹心事，即使我双目幽怨，梁兄他兀自读书、作文，日复一日，心无旁骛。

一日我去王先生书斋交了作文，流连于他收藏于书架的书籍前，看到一卷古诗，信手取阅，读到一首长诗，诗前有序曰：

汉末建安中，庐江府小吏焦仲卿妻刘氏，为仲卿母所

遣，自誓不嫁。其家逼之，乃投水而死。仲卿闻之，亦自
缢于庭树。时人伤之，为诗云尔。

　　这短短序言，引起了我的阅读兴趣，便向王先生借了这卷诗集，回到毓秀阁别院，迫不及待地展卷而读："孔雀东南飞，五里一徘徊。"起句甚奇，可谓清新。我第一次读到这样的叙事诗，又因诗序之悲情，所以读得十分投入。美丽能干的刘兰芝与太守衙门里的小官吏焦仲卿婚后三载相亲相爱，却因焦母以"此妇无礼节，举动自专由"为托词，严命焦仲卿休妻。迫于母命，夫妇俩劳燕分飞。洒泪而别时，他们立下山盟海誓：永不分离，不负爱情。"君当作磐石，妾当作蒲苇。蒲苇纫如丝，磐石无转移。"然而世事难料，刘兰芝还家仅十余日，先是县令遣人为子做媒，刘兰芝衔泪拒绝。后又有太守派郡丞来为子求婚，刘兰芝遭哥哥逼嫁，肝肠寸断，于再婚之日挽起裙子，脱去丝鞋，纵身跳进清水池里。而一往情深的焦仲卿闻悉噩耗后，悬树自尽。俩人为爱而殉情，教人敬佩。

　　"揽裙脱丝履，举身赴清池。府吏闻此事，心知长别离。徘徊庭树下，自挂东南枝。两家求合葬，合葬华山傍。东西植松柏，左右种梧桐。枝枝相覆盖，叶叶相交通。中有双飞鸟，自名为鸳鸯。仰头相向鸣，夜夜达五更……"我读至此，忍不住放声悲泣。惊得端坐一旁潜心读书的梁兄跳起来，手足无措地对我说道："贤弟，

佳期如梦

你……"

他这一嚷，把我惊醒过来，立即止了哭泣抹了泪水，赧颜道："小弟读诗至深，情不自禁，梁兄切莫见笑。"

梁兄温和地一笑道："书中悲欢，触景生情，可见贤弟乃性情中人。"说罢，复又持卷再读。

我依然沉浸在焦仲卿与刘兰芝的悲情故事中不能自拔。他们遭遭盟誓，共赴生死。焦仲卿虽然"东家有贤女，窈窕艳城郭"，却坚持不再娶；刘兰芝纵然得太守之子求婚，亦宁死不再嫁。他俩以生命忠贞地守卫着凄美的爱情，"结发同枕席，黄泉共为友"，化作鸳鸯，双飞双栖，其爱感天动地，其情如歌如泣。

我的目光看到了秉烛夜读的梁兄，心里怦然一动。想我祝英台自女扮男装、钱塘求学以来，与梁兄同窗共砚，朝夕相处，我对他萌生爱意，却只是一厢情愿的单相思。这份心事他又怎能知晓？而我又不敢向他吐露实情。爹爹千叮咛万嘱咐，唯一担心不安的就是怕我惹了儿女私情，有辱祝家门庭。我暗暗地一声叹息，酸楚不已。

银心见我满怀心事，无计可施。每至入夜，陪我随意散步，亦默默无言。一次散步回来，看到梁兄伏案书写，我便没有进屋，在院外的石凳上落座，望向浩渺无际的天空。时已夏秋之交，夜空旷远明朗，一道白茫茫的银河横贯南北，繁星闪烁，月儿自天边升起。

我突然想起，今天是七月初七乞巧日，是传说中牛郎织女鹊桥相会的日子。我凝目望去，银河西边那颗明亮的星星就是织女星，在织女星旁边，有一个由四颗暗星组成的小小菱形，这是她织布用的梭子。隔河相望有一颗星星就是牛郎星，他的两侧各有一颗小星星，都指向织女星，这两颗星是牛郎用扁担挑着的两个孩子，正在奋力追赶对岸的织女。今天是七月初七，人间的喜鹊都飞上天去了，在银河之上为牛郎织女搭成鹊桥，他们这一家子得以相聚团圆。记得儿时，我特别喜欢听祝大爹在夏夜纳凉时讲牛郎织女的传说。祝家庄的女孩子在七月初七夜晚还在自家庭院的案几上，摆放各色果蔬、糕点、面食，祭拜天上的织女，乞求天上的女神赐予她们心灵手巧和美满姻缘。还有女孩子躲到葡萄架下，据说可以偷听到牛郎织女鹊桥相会时的脉脉情话。

我正对着天空出神，梁兄兴冲冲地走出屋来，他一定是作成了一篇文章，然后出门散心的。他看到我对着满天繁星发呆，便站在我身旁，遥对苍穹。银心在一旁对梁兄说着牛郎和织女的故事，还指着天空让梁兄看牛郎星、织女星，他们今晚要鹊桥相会。

梁兄看了许久，纳闷地问银心："我怎么看不到银河上喜鹊搭成的桥呢？这王母娘娘也真是的，何苦要拆散这对恩爱夫妻？既拆散了他们，又何苦再让他们每年相会一次？空惹他们千古相思，无尽遗恨。"

我忧柔地想着自己的心事，没有搭理梁兄。银心又给他讲着女孩家乞巧的事，梁兄对我笑道："不知今夜有哪个窈窕淑女在为贤弟乞巧求缘呢？"

我黯然叹道："银河虽阔终有渡，两心相隔难相逢。"

梁兄不以为然地摇摇头，说道："贤弟玉树临风，一表人才，且又是富家公子，只怕门槛都让媒人踏破了，还愁什么知己难求？"

我从星空收回目光，冷冷一笑道："偏偏有人不解风情，小弟直叹无可奈何。"

梁兄不解地问道："莫非贤弟已有了意中人求而不得？"

我指着皎洁的天空悠然叹道："看这牛郎织女，虽有银河相隔，一年三百六十五天，还有一天可盼，鹊桥为渡，七夕相会。可叹我，万千心事无处可归依，岂不徒增伤悲？"

梁兄愣了一下，正要说什么，我怕再说下去一不小心又要失态，便摆手笑道："梁兄今夜守在这星空之下，若看到了传说中的牛郎织女鹊桥相会，则小弟自然就心想事成了。夜凉如水不胜寒，小弟先回屋歇息了。"

我正要回屋，一抬头看到一道流星划过星空，落向苍茫天际。仅仅是一瞬间，那炫目的光芒就消失了。而天上的银河依然一派疏阔渺茫，人间的喜鹊飞到哪里去了？我意兴阑珊地回了屋子。

梁兄终是不解。他后来追着银心问了好多次："贤弟究竟怀了什么心事？"

银心每次都笑吟吟地对他说："梁公子日后自会知晓。"

这更让梁兄他如坠云里雾中，不知所以。日子一长，他便不再追究了，继续日夜攻读，潜心功课。

形影不离

两只形影不离的蝴蝶在我的窗前翩翩飞舞，一只是黑蝶，另一只是彩蝶，它们舞姿轻盈，沉默无言。这是一对在我的梦中无数次出现过的凤蝶，我对它们熟悉得已如同手足。它们的头部、胸部、腹部，它们绚丽的色彩、轻盈的双翅、窈窕的体态，乃至它们的喜怒哀乐，我都悉心体察、了然于心。

去年三月，我辞学回家，梁兄送我下山，我就留意到这两只凤蝶从万松书院到钱塘古凉亭，一路上盘旋相随。我踏上爹爹雇好的船只，又看到这两只蝴蝶在浙江水面上飞舞着。当时只是心一动，也没太在意。山阴古水道上昼行夜停一路行来，那两只蝴蝶始终相伴而来。有时候我从船舱向外望去，总是在不经意间看到这两只蝴蝶随着船只向前飞去。直到船只在玉水河畔停泊下来，我走出船舱，抬头惊见两只蝴蝶一前一后、一高一低飞入祝家庄。身边的银心也惊讶地张大了嘴巴。

后来，这两只相依相偎的蝴蝶经常在毓秀阁的窗前飞舞，有时甚至飞到屋子里来，我读书作文，它们围着我盘旋飞舞。当我放下书卷欣赏着它们优美的舞姿时，这两只蝴蝶便轻盈地飞向了窗外。

有一次银心端茶进来，看到两只亲密的蝴蝶相伴而舞，奇怪地问我："小姐，这两只蝴蝶果真是从钱塘万松岭来到祝家庄的吗？真是太有趣了。"

我听得心头一怔，若有所思。

春天，两只蝴蝶在飞舞。夏天，两只蝴蝶在飞舞。秋天，两只蝴蝶在飞舞。冬天，两只蝴蝶依然在飞舞。

这是两只神奇得让我百思不得其解的蝴蝶。记得旧岁冬季，冰天雪地，当我推开毓秀阁的木栅花窗，与银心一起观看雪花飞舞的景象时，这两只蝴蝶居然不可思议地飞舞在雪花中，让我顿时目瞪口呆。

银心赶紧把窗关上，声音战栗地说："这……这到底是怎么回事？真是邪了！"

我吩咐银心把窗子打开，她靠在窗棂上发呆，没有听到我的话，我把她拉到一旁，推开了窗子，两只蝴蝶从雪花中飞进了毓秀阁。毓秀阁里燃着炭炉，十分温暖。只见它们在屋子里相拥着飞来飞去，欢快而自在。我的心中忽然充满了柔情。或许，这两只美丽的蝴蝶，就是为英台而生、为英台而活的？

过了岁末，过了年初，忽然在一个寒冷的日子，鄞县衙门一个年轻的小吏专程前来，送来了我在钱塘万松书院留赠给梁兄的一卷《诗经》。在这个小吏哽咽的叙述中，我如雷轰顶般地得知，上任鄞县县令仅半载的梁兄已命赴黄泉，归葬于鄞西高桥镇清道源九龙墟。梁兄临终前叮嘱衙门小吏务必要把这卷《诗经》送还给我。含恨而去的梁兄带走了我的那一只白玉蝴蝶，也带走了我的那颗破碎的心。

衙门小吏还向我述说了梁兄的许多往事。我与梁兄楼台相会之后，他扶病回家，心灰意冷，终日躺在床上，茶饭不思，连官府发文催促梁兄赴鄞县上任，他都不理不睬。这可急坏了梁母，儿子不说一句话，不喝一口水，又不让请医生，她不知发生了什么事情，以为儿子惹上了什么不明的冤魂，暗地里请了道士来施法驱鬼，结果毫无作用。

日夜照顾梁兄的杨玉儿紧锁愁眉，束手无措。她一次又一次地熬了粥，熬了鱼汤，端到梁兄床前，可梁兄每次只是紧闭双眼，挥手让她离去。玉儿出了房门之后，躲起来大哭一场，哭肿了双眼。

忽有一次，玉儿端了鱼汤进去，刚刚走到梁兄床前，就听得梁兄低声说道："玉儿，你把我扶起来。"

玉儿心中一跳，惊喜地放下了汤碗，把梁兄扶起身来。只见梁兄叹了口气，虚弱地说道："玉儿，多谢你的照顾，为兄让玉儿添麻烦了……"

玉儿赶紧摇头，说："梁哥哥，你可千万别这样说了，赶紧把身子养好才是……"

梁兄叹道："为兄已是沉疴痼疾，只怕无可救药了。你我兄妹一场，有件事只能拜托玉儿了，若为兄有个三长两短，请玉儿照顾好娘亲，娘……她白疼了我一生……"

玉儿听了，紧紧地抱住梁兄，哇的一声大哭起来："梁哥哥……你一定会好起来的，你可别丢下我们啊……"

梁兄空洞地望着窗外，轻轻地拍着玉儿的后背。

梁母听到玉儿的哭声，赶进屋来，见状也痛哭不止。

心碎的梁母托人去会稽请来了陈先生，陈先生急匆匆赶到了梁家，骨瘦如柴的梁兄在玉儿的搀扶下，坐起了身子。面对陈先生的询问，他把前因后果哭诉了一遍。

待梁兄心情平静下来后，满面怒容的陈先生拍案而起，床前那张小木桌上的水碗砰地倒地破碎了，惊得梁母与玉儿吓了一大跳。陈先生怒声责骂这个他最看重的学生："朝廷用人之际，选拔英才，你却沉溺私情，托病未及按时上任，有负国家厚望，是谓不忠；家有老母，守寡未嫁，辛勤抚育独子，实指望你成才成家，而今你欲自寻短见，是谓不孝。不忠不孝之徒，纵使活着，亦是行尸走肉。"

这一重锤敲打下去，把梁兄惊醒了，拜谢陈先生道："先生一席话，山伯醍醐灌顶……山伯知错了，对不起先生对不起娘……"

梁兄稍事休整后，在陈先生的陪同下，前往鄞县走马上任了。

在鄞令任上，梁兄仿佛换了一个人一般，勤政爱民，访贫问苦，既治虫灭灾，又兴修水利，很少待在衙门里办公。他在忘我地做一个尽职的县太爷，似乎忘记了那一场摧肝肠、撕心肺的情殇，然而又怎么能够抹去心头的祝英台！一个外表威严、风尘仆仆的县太爷，内心已千疮百孔，形容已日渐枯槁。

春节过后，梁兄冒雨巡视水利大堤时，突然头晕倒地，同僚、衙吏立即扶起，回县送诊，怎奈梁兄高烧不退，数日昏沉，待梁母与玉儿闻讯赶来时，梁兄忽然回光返照，简短地交代了些后事，便撒手人寰。梁兄临终时，手心里紧紧握着的是那一只白玉蝴蝶。这是我留给他的爱情信物。

我如泥雕木塑一般，面对着这卷《诗经》。银心拥抱着我的身子，惊恐地哭喊着，爹爹与家人闻讯赶上楼来，焦急地围在我身边——我一概不知。我的魂魄在时空中悲戚地漂泊，黑暗无边，孤独无依。

我无知无觉地在床上躺了不知多少天，在一个初春的午后，我在银心的搀扶下来到毓秀阁，于书桌前坐下，突然——我看到摊放于书桌的《诗经》上正伫立着一黑一彩两只蝴蝶。它们神情忧伤，相依相偎。所有的往事涌上心头，浮现在我眼前。我的眼泪无声地奔泻而来，撕心裂肺的疼痛遍及全身。自从闻知梁兄不幸夭殇至今，我直到现在才有了痛楚的感觉，才有了悲恸的意识。在接下来的日子里，只要我走进毓秀阁，就会看到这两只蝴蝶相依相偎在书桌的《诗经》上，我便会倾情洒泪祭梁兄。

今天我要出嫁了。新郎是马太守的儿子马文才，一个匆匆邂逅过的花花公子，而不是我的梁兄。我与梁兄同窗共砚三载，情投意合爱慕至深。梁兄的音容笑貌、举手投足，已深深地烙印在我心里。如今，梁兄已独自长眠黄土中，爹爹逼我嫁给马文才，可是我祝英台怎能与这样一个浪荡男子同床共枕？

脚步声传来，一声又一声，深深地踩疼了我的心。我兀自面向窗外，没有理会。银心对我说："小姐，是老爷和谢先生、祝大爹他们来了。"

我悲伤地转过身子，看到恩师谢先生、祝大爹神色沉重地站在我面前，他们都是我敬重的人，也许爹爹已对他们说了实情，两个老人想必已知晓了一切。我含泪作揖拜见："谢先生好！""祝大爹好！"然后请他们一一落座。

相对无言。我知道爹爹请他们上楼，是来劝解我的。然而，此时此刻，毓秀阁中的每一个人，都不知道说什么才好，只有沉默，只能沉默。

祝大爹见到过梁兄。去年的七月初七乞巧日，梁兄赶到祝家庄，第一个见到的就是祝大爹。那天祝大爹一如既往地在祝家庄大道上散步，看到一个风尘仆仆的青年儒生疾步走来，东张西望一番之后，走到祝大爹面前，文质彬彬地作揖问道："晚生梁山伯，专程前来寻访钱塘同学祝信斋贤弟，烦请仁伯大人告知祝贤弟住处。"

祝大爹听不明白，因为祝信斋这个名字是我赴钱塘求学前与爹爹俩人杜撰出来的，他从来没有听说过。经过一番询问，祝大爹始知梁兄要找的人，就是女扮男装去读书的祝英台，他手抚长髯哈哈大笑，闹得梁兄莫名其妙。祝大爹隐藏了我伪装求学这一节，只是热心地把梁兄带到了我家。

后来祝大爹才知道这梁山伯是来祝家庄求亲的，因为我在钱塘的长亭亲口把"九妹"许配给了梁兄，而"九妹"就是与梁兄同窗三载的祝贤弟。而那时，爹爹已把我许配给了马太守的儿子马文才。梁兄来访前，我已与爹爹在家中闹得水火不容。只是，英台我常守闺门中，爹爹是个爱面子的人，即使我家中天翻地覆，外面的人无从知晓。

今天，马家排场娶亲，祝家庄到处喜气洋洋。只有新娘沉浸在悲伤之中，置身事外。爹爹深知女儿的性情，怕我闹出越轨无礼的事来，辱没了他的清白之誉、礼仪之名，无奈之下，只好请出了恩师谢应之和祝大爹前来说服我，爹爹知道我素来敬重这两个老人。

爹爹坐在一旁唉声叹气，忧心忡忡。他已不再暴跳如雷了。他明白，若再以一个父亲的权威，威逼倔强任性的女儿，已无济于事。他最怕的是我以死抗争，把这场喜事闹得不可收拾。

我深深知道，今天若不嫁马家，便会让爹爹在世人面前极尽难堪、颜面扫地，可谓英台不孝；然而嫁了马文才，我就失信于长逝人间的梁兄，是谓英台不忠。——教我如何是好？

我再拖延下去，终究不是办法。一个念头在心中闪过，我便对着谢先生问道："烦请恩师告知，从玉水河至鄞县，喜船是否经过鄞西高桥镇？"

屋子里的人不知我意，全都愣了一下。谢先生郑重地点头道："鄞西高桥镇是船队必经之路，不知英台……"

我的眼泪忽然就流了下来，凄惨地说道："我与梁兄草桥结拜，同窗三载情投意合。钱塘分别时，我对梁兄自许终身，却未料爹爹擅自做主把我许配给了马家。梁兄因而相思成疾，含恨而逝。可叹英台我，与梁兄临终未能话别，梁兄入葬未能扶棺，令我梦萦魂牵，终生难安。今天马家娶亲路过高桥镇，我要上岸去梁兄墓前祭奠……"

未待我说完，爹爹一拍桌子，怒吼道："简直荒唐透顶！今天是你的良辰吉日，怎么可以上坟祭奠亡者？"

谢先生、祝大爹连忙起身，打起圆场安抚怒形于色的爹爹。

我无所畏惧地看着爹爹，坚定地说："我与梁兄生死相许，梁兄既已为英台而死，英台岂能苟活于人世嫁与马文才为妻？"

爹爹泪流满面，颤抖着声音悲哀地说："英台……你……你这个不孝之女，你……这是要活活气死白发老父！"

谢先生走到我身边，欲言又止。"英台……"谢先生低低唤了一声，声音有些颤抖。

我已万箭穿心，心中只有一个念头，兀自说道："此去鄞县，我若不能白衣素服祭梁兄，就是强迫我上了喜船，我只能与六姐一样跳江自尽，宁死不从！"

我的这番话使毓秀阁顿时充满了悲壮惨烈的气氛。爹爹、谢先生、祝大爹和银心，都怔怔地盯着我，不知所措。六姐英华与赵姓小木匠殉情赴死的惨剧，当时在祝家庄、在上虞县城，街谈巷议，传说纷纷。他们都知道我的性子比英华更烈，说得出也必定做得到。

良久，只听得爹爹黯然说道："也罢，爹爹就依了你。你身着白衣素服，必须外穿大红嫁衣。在高桥镇祭坟之后，不得再有越轨之举，速往马家成亲。"他转身对银心厉声吩咐："立刻侍候小姐梳妆打扮，不得有误。"

我转身离去时，看到谢先生、祝大爹神色恻然，似乎泪光闪烁，或许两位老人已预知了即将发生的不祥结果。然而，英台我顾不得这一切了。

　　当我坐在梳妆台前，看到了铜镜中那张悲伤憔悴的脸，我有多久没有揽镜顾盼了？这时，两只蝴蝶翩然飞来，盘旋在我眼前。

　　我心一动，梁兄呀，英台就要来与你相会了。我要和你做一对相伴相舞的蝴蝶，自由地飞翔。

深情眷恋

记得又是一个阳春三月，我来钱塘万松书院攻读已有三年。日夜担心的事终于发生了，这天爹爹忽然差人送来一封家书，展读之下，方知是爹爹在家病重，数月未愈，让我与银心务必随船返回上虞。爹爹的语气不容置疑，没有一点转圜余地。来人还说，爹爹雇好的船只已停泊在浙江岸边。我心中顿时愁云密布，郁闷地吩咐来人，待收拾停当，三日后启程。

其时梁兄高烧未退，终日昏睡。银心下山入城抓了十来帖中药，天天煎汤熬药，我按时给梁兄喂服下去。梁兄身子骨一向虚弱，又用心功课，刻苦攻读，日日夜夜毫不松懈。梁兄执着于读书作文，每日里劝告他劳逸结合，保重身体，他总是固执己见，专心学业。昨日早晨，因为王先生上课，我早早地起了床，洗漱停当后，未见梁兄动静，我唤他不醒，便俯身一看，梁兄呼吸沉重，脸色潮红，探手一拭他的前额，烫得惊人。我赶紧让银心以凉水湿巾敷在梁兄额头，又吩咐她禀明王先生，然后下山请医就诊。城里的老中医推以山高路远不便前来诊断就治，问明病情后开了药方，煎汤服药，一日三次。每当我与银心气喘吁吁地扶起昏睡的梁兄，一匙一匙地给他服药时，我的心底总是泛起难以平息的柔情。

梁兄时醒时睡，昏昏沉沉的。再顽强的人，只要病卧在床，就像个孱弱无助的小孩子一样了，如果没人照顾，真不知道该如何挺过来？

给梁兄服了两天药，他的高烧渐渐地退了下去。这天晚上，我给梁兄服了药后，觉得又累又困，便倚着他床边的书桌睡着了。一觉醒来，已是子夜时分。梁兄沉睡着，我起身给他掖好被子，吹灭烛火，回到自己的床上休息了。翌晨，梁兄早早地起了床，神色甚是明快。我终于放下心来。

梁兄又似往日一般，或持卷攻读，或伏案书写。而我，因为后天就要离别书院返回上虞了，心头满是离愁别恨。我与梁兄同窗共砚已三长载，他那伏案读书的身影，他那清秀的面容、专注的眼神，早已成我心目中别致的风景，倘若一朝相别，我一定寂寞难挨无所依。然而爹爹病重在床，我只能辞学回家侍候尽孝。

又是夜晚来临，我与梁兄秉烛夜读，可是这书卷上的字，我一个也读不进去，只是心神不宁，紧锁愁眉。梁兄不经意间一抬头，看到我这副样子，关切地询问起来。

我期期艾艾地把实情告知了梁兄，只见他呆呆地放下书卷，黯然无语。过了半晌，梁兄说道："贤弟果真要辞学回家了吗？待得令尊大人贵体康复，贤弟是否再来钱塘读书？"

我知道一旦辞学回家，爹爹是绝对不会让我再来钱塘就读了，便对梁兄摇摇头，忧郁地说："小弟自来钱塘读书已有三个春秋，已快弱冠之年，况且家父已是花甲老人，我也该回家料理家业、为父分担家庭重任了。"

梁兄不解，欲言又止。我明白他的心思，他是满心希望我再回书院，与他一起相伴共读。我又何尝不是如此？只是人间许多事，总是让人身不由己，徒叹无奈。这一晚，梁兄再也无心读书，坐在书桌前长吁短叹。我与他相对无言，心底酸楚不已。

第二天，梁兄与银心一起默默地为我收拾行李。明天就要启程回家了，可我还没有去向王先生辞学。我的心头一片空虚，完全没有了着落，只是待在一旁看着梁兄与银心忙忙碌碌地把我的一应物品装箱打包。然而，我的心始终悬着。

三载春秋倏然而逝，这钱塘的万松书院，有我博学的先生、娴淑的师母，还有这一草一木、卵石小径、书院牌坊、讲学堂、王先生书斋、毓秀阁别院，甚至春天的晨曦、秋夜的星空、夏季的树荫、冬日的炭炉……无不令我依恋至深，浓郁的书香，纯净、清新如山涧的小溪；幽雅的书院，圣洁、高挺如傲立的青松。与我朝夕相处的梁兄，好学不倦，心无旁骛，质朴而又诚实。我女扮男装和他共居一室、同窗共砚一千多个日日夜夜，虽然时常不免露出破绽，可他从来只当我是他义结金兰的兄弟，他是一个"思无邪"的正人君子。

梁兄，你是上天赐予我的可以托付终身的唯一男儿。

托媒自许

直到傍晚，夕阳西斜。毓秀阁别院前的庭院中，洒落满地余晖。我的手心里攥着一对温润的白玉蝴蝶，在树荫下踌躇了许久，最后终于下了决心，一个人来到了王先生的书斋。那个白净的小书童正在给王先生沏茶，一看到我进屋来，便礼貌地含笑问候。

一晃三年，这小书童从垂髫童年跨入舞勺之岁了，个头日见长高，只是依然腼腆文静。他是一个街头流浪儿，在他五岁那年，王先生与师母下山入城，看到他在街道上衣不蔽体、满面污垢地流浪乞讨，不禁动了恻隐之心，问遍街巷路人和店铺主顾，都说这是个无父无母的流浪儿，便把他带回了书院，如同对待孙儿一般悉心照顾，教他识文断字。可见王先生与师母的一片良善之心。

王先生一如既往地埋身在宽大的书桌前研读书卷，我还没有开口，他就知道了我的来意，因为爹爹已差人给王先生送来书信说明了缘由，王先生准我辞学回家，我行了大礼深深道谢。王先生的语气中充满了依依惜别之意，他说道："你与山伯皆是我的得意弟子，如今你返回上虞，山伯不久也将离开书院。你俩这一走啊，这书院就寂寞了。"

莫非梁兄也要离开书院？可是他从来没有对我说起过有辞学之意，梁兄何时学会深藏不露了？

看到我惊诧的目光，王先生笑道："奉朝廷旨意，各郡举荐贤良方正之才出任官职，会稽郡已力荐梁山伯应召鄞县县令，快则三月慢则半载，定有分晓。山伯德才兼备，当能成就功名。只因此事尚未最后确定，老夫故而没有告知你们。"

我心大喜。梁兄若能举荐为鄞县县令，堪为守得云开见月明。

再次拜谢了王先生后，我依依不舍地退出他的书斋。这时，我又听到了悠扬的琴声——这是师母在弹琴。明净、欢快而又柔润的音符，在这黄昏的万松书院中轻舞飞扬。我伫立在师母琴房的门口细细聆听，想起了三年前我初来钱塘时，也是在这样一个春风沉醉的黄昏，我第一次领略师母的琴韵诗意。旋律依旧，境况有别。彼时我是满怀欢悦，此刻却是忧郁惆怅。当初我与梁兄偶遇新识，如今我已心许梁兄。

自爹爹差人送来家书、严词命我把家归，我就恍惚起来，只为这满怀真情无处寄托。我不能明言直说自做媒，倘若木讷诚实的梁兄转不过弯来，我岂不是自取其辱？思来想去日夜不安，我想到了师母——在这万松书院，唯有师母才是我最合适托付的人。待我离开了钱塘，师母与梁兄说明实情做大媒，那我与梁兄之间就有了缓冲的余地，便可避免诸多意料不及的尴尬。

然而，我若这样没有任何铺垫地前去托付师母，她与王先生皆是贤德崇礼的前辈，英台我为钱塘求学女扮男装欺骗了世人，而且我又与梁兄共居一室三长载，师母是否因此惊疑而拒绝我呢？左思右想，让我难以决断，急煞了一颗六神无主的女儿心。

我在门口徘徊复徘徊，掌心中的一对白玉蝴蝶，已被汗水浸湿。

那个白净的小书童从王先生书斋中出来，看到我在师母琴房门口犹豫不定，便惊讶地问道："祝公子是否还有什么事要禀告先生？"

我蓦地回过神来，看到天色已昏暗下来，便定神笑道："明天一早我就要离开书院了，想与师母告别道谢，只是怕打扰了师母雅兴……"

小书童立刻说道："祝公子稍等，我去禀明师母。"

我未及阻拦，他已推门进去。只听琴声戛然而止，小书童出门相请。我对他道了谢，把白玉蝴蝶揣入怀中，鼓起勇气走进了师母的琴房。

一阵馥郁的芬芳袭来。一杯幽香的茉莉花茶，一句亲切的含笑问候，贤淑贞静的师母让我惴惴不安的心宁静下来。我对师母说明了辞学回家的缘由，述往事叙家常，面对善解人意的师母，我没有任何的生疏与距离。只是说到后来，我便踌躇起来，欲说还休。

师母笑意盈盈地对我说："信斋临别有话，但说无妨。"

我忽然感到面红耳赤好不自在。心中隐情，实难启齿。然而，明日清晨我就要离开书院了，此情未了，如何心安？面对烛光下师母慈爱含笑的眼神，我觉得再也不能犹豫了。我垂下眼睑，含着说道："师母，我……我……我原是女扮男装求学来，祝英台才是我的真名姓……"话一出口，我的心怦怦直跳。

但见师母盈盈笑道："祝信斋——英台，我第一次看到你，就知道你是女扮男装。"

听闻此言，我心一惊，愕然地看着师母。

师母继续说道："女人的直觉告诉我，你与银心都是女儿身。为了让你安心读书，我从未与人说过，就连先生都不知道。在这个书院中，所有的男人都被蒙在鼓里，男人就是粗心呵。"

那一刻我如释重负，满怀感激地对师母说："英台扮成男装，只为钱塘攻读。承蒙师母眷顾，英台铭感于心。师母，我与梁兄长亭相遇草桥结拜，同窗三长载，梁兄他潜心攻读，从不逾矩，至今不知我是女儿身。"

师母含笑点头。

我含羞垂目，轻轻说道："英台我此心早已……许梁兄，明朝一别未知何日相逢，英台我……我想拜托师母……做大媒……"

师母沉静地笑道："梁山伯贤良方正，祝英台冰雪聪明，又有这番旷世奇遇，实是天造地设的好姻缘。"

我从怀中掏出了一只雪白的玉蝴蝶，忽然感到爹爹严厉的目光穿越时空，锐利地紧盯着我，不由得迟疑起来。爹爹若知我私许终身，怎能轻易放过大逆不道的我？父母之命，媒妁之言，才是爹爹所能接受的符合礼仪的婚姻之道。"结发同枕席，黄泉共为友"，这两句古诗此刻在我脑海里清晰地凸现出来，我看到了焦仲卿与刘兰芝为情殉身的惨烈情景。

师母一直微笑不语地凝视着我。

我沉思良久，此心已决，把白玉蝴蝶郑重地交付给师母，说道："英台以玉蝴蝶为信物，多谢师母大恩成全。"

我对着师母跪地叩拜，心头溢满了幸福。

十八相送

　　翌晨，爹爹雇好的船只主人，吩咐两个伙计前来取走了我与银心的行李。我知道，这是爹爹细心周到的安排。

　　我就要离开书院了，心头涌上酸酸的感觉。我站在毓秀阁别院的门前，打量着我与梁兄三个春秋同居一室的房屋，惆怅眷恋之情油然而生。从今往后，没有了英台陪伴梁兄读书作文，他是否会感到孤独？他是否会觉得寂寞？我最为牵挂的是，梁兄他专心攻读，却不知爱惜身体。昨晚，我已嘱咐银心把剩下的银两全部留给梁兄。梁兄是个清贫质朴又固执自尊的书生，所以聪明的银心悄悄地把银两放在了他的枕头底下。

庭院的树丛中，有喜鹊叽叽喳喳闹春，我不禁抬头看去，树丛中的一对喜鹊欢快地跳跃鸣叫，金灿灿的阳光从枝叶间倾泻下来，色彩斑斓。

梁兄执意要为我送行。从万松书院到浙江岸边，十八里路程走上一个来回，会把一个羸弱书生给累坏的。我于心不忍，然而梁兄甚是执拗。他指着树上的喜鹊对我笑道："贤弟辞学回家，喜鹊都来欢喜相送，愚兄怎能让贤弟独自赶路？岂不枉为兄弟一场？"

我与梁兄、银心走过毓秀阁，走过讲学堂，走过师母的琴房，走过先生的书斋……一路行来，我脚步迟疑，依恋不已。当走到书院牌坊时，突然看到王先生和师母带领书院弟子分立两侧迎候着我们。我疾步上前，对着先生、师母作揖拜谢。众人围了上来，相互道别与祝福。

师母特意拉着我的手，亲切地说："信斋回家善自珍重，托付之事尽管放心。"

师母的话让我觉得脸上一热。王先生微笑不语，目光慈爱。或许他已从师母那儿知道了我的秘密？这么一想，我不禁含羞地低下了头。

王先生转身对梁兄说："你与祝信斋情同手足，如今信斋辞学回家，你就护送他下山上船吧。"

梁兄憨厚地点头称是。我面向众人作揖告辞，与梁兄、银心一起下了石阶。走得远了，回头一望，依然看见先生、师母、小书童和书院的同学们站在书院的牌坊处，目送我们远去。

万松书院贮存了我的快乐与忧伤，贮存了我的情爱与梦想。转身遥远地凝视着，但见青松苍翠，风鼙云泉，山岚缥缈处，文雅幽静地。想起我托付给师母的那只雪白的玉蝴蝶，看到浑然不知的梁兄，我忽然失神地一笑。

这时，我看到一黑一彩两只蝴蝶在我们头顶盘旋飞舞。

山路崎岖，曲折蜿蜒。

看到山坡上有樵夫在砍柴，我便对梁兄笑道："这山上的樵夫起早贪黑砍柴度日，不知为谁辛苦为谁忙？梁兄不辞辛劳十八里相送又是为了谁？"

梁兄呵呵一笑："贤弟离开了书院，怎么变得愚笨起来？樵夫砍柴是为了养家糊口，愚兄下山就是为贤弟送行。"

春天的凤凰山百花盛开，姹紫嫣红。我与银心欣喜地仰望观赏，不肯挪步。

梁兄在一旁催促道："弱冠男儿居然对花花草草津津有味，愚兄甚是不解。若是牡丹倒还罢了，国色天香惹人爱……"

我回头盯着梁兄的双眼，脱口而出道："梁兄爱牡丹，不如与我一起回家去，我家有枝好牡丹，人见人爱分外美。别人不可来赏花，梁兄却可折花去。"

梁兄摆手笑道："贤弟别开玩笑了。愚兄路远迢迢赶到祝家庄，就为采摘一朵牡丹花，岂不徒成世人笑柄？"

银心吃吃一笑说："梁公子若不摘了祝家这朵牡丹花，小心后悔一辈子。"

梁兄已往前去，没有听到银心说的这句话。这个书呆子，只是潜心学业，哪里听得懂这样的双关语！

越过山峦，走到山脚，有一湾水流清澈的池塘，阳光从山峰上柔和地穿越下来，只见鸳鸯成双戏水波，好不悠闲自在。

我拉着梁兄说："鸳鸯止则相偶，飞则相双，相亲相爱永不变心，真正令人羡慕。小弟若是女红装，未知梁兄是否愿意配鸳鸯？"

梁兄听了哈哈大笑起来："贤弟又说胡话了不是？我俩是义结金兰的好兄弟，怎可胡乱鸳鸯配？"

银心掩嘴而笑，跑过池塘的独木桥，转身看着我们小心翼翼地过桥来。

我故意一把挽着梁兄的胳膊，用颤音说道："梁兄，这桥儿又是狭窄又是晃，教我如何过桥去？"

梁兄攥紧我的手说："贤弟终究是个公子哥，你看银心三脚两步就跳过了桥。莫要心慌胆战，愚兄会护送贤弟过这独木桥。"

走到桥中间，我停了一下脚步，仰头对梁兄说："现在我与梁兄好比牛郎织女渡鹊桥。"

十八相送

梁兄拉着我往前走，说道："贤弟胆战心惊走独木桥，居然还有心情开玩笑？"

走过独木桥，往池塘一看，有一对大白鹅溯水漂来。

我叹道："一雌一雄大白鹅，雌鹅在后面叫哥哥，雄鹅游在前面不理会。"

梁兄不解地看了看我，又看了看池塘里的大白鹅，还侧耳仔细听了一会，哪有雌鹅叫哥哥？我点了一下梁兄的额头嗔道："梁兄就像那只呆头鹅！"

梁兄莫名其妙地瞪着我，我已转身走去。

眼前是一个安静优美的村庄，巷陌幽深，高墙大院，与祝家庄相仿佛。沿巷子走去，忽然一户墙院门口窜出一条黄狗来，冲着我们这三个陌生人狂吠乱吼。

我躲到梁兄身后，对他说："女孩家最怕狗来咬，梁兄你快把狗打开。"

梁兄四下里看了一眼，说："我们三个都是男子汉，哪有什么女孩家？"

就在这时，黄狗的主人探出头来把狗唤了回去，还对我们歉意地一笑。

小巷尽头，有一口古井。银心跑过去对着井口探身一照，嚷道："哇，这井水清澈明亮赛过镜子。"

我拉了梁兄过去看看，梁兄不肯挪步，说："贤弟主仆两人怎么会有这等玩心？还是赶路要紧。"

我执意要让梁兄井水照影，他无奈地随我来到了古井边。这井水果然明净如镜，清晰地映照着我俩并肩而立的形象。我对梁兄笑道："梁兄看到没有？这井水中的两个人影，一男一女笑盈盈。"

梁兄诧异地问道："明明只有我兄弟俩人，谁是男来谁是女？"

我微笑不语。

出了小巷，便是钱塘的官道，乘轿的、骑马的还有三五成群的行人，熙熙攘攘好不热闹。我走了这么远的路程，感到腿脚酸软、饥肠辘辘了，正要折上官道，看到庄口有座观音堂，山门外有小贩在贩售钱塘的风味小吃，便让银心买了些桂花炒米糕来充饥。吃了一块桂花炒米糕，觉得口感松脆细腻，既有炒米的质朴香味，又有桂花清远的芬芳，顿然齿颊生津。梁兄与银心也直叫好。

我移步走进了观音堂，这是一处精致幽静的庙宇，迎面的观音殿中，观音立像彩饰贴金，神态端庄秀丽。想起我对梁兄的满怀痴爱，梁兄至今木然不知，犹如银河相隔遥不可及，我便双手合十，对着观音大士默默许愿。

这时，梁兄跟着走进殿来，我拉着梁兄的手说："梁兄，有观音大士来做媒，我与你一起来拜堂。"

梁兄甩开我的手，愠怒道："贤弟你太荒唐，两个男子怎么拜堂？我们快赶路吧。"

我暗自一笑，随着梁兄走出了观音堂，又看到一黑一彩两只彩蝶在我眼前追逐飞舞，我心一动。一个牧童骑着一头老黄牛，悠然地唱着山歌，走向村庄的小巷深处。

我叹道："对牛弹琴牛不懂，梁兄你就是一头老笨牛。"

梁兄这回似乎真是生气了，他沉下脸说："愚兄素知贤弟伶牙俐齿，也不该暗藏讽刺嘲弄我，说什么呆头鹅、老笨牛的……"

我赶紧赔礼认错："梁兄千万别动怒，小弟是口无遮拦开玩笑。"

一行三人继续赶路。已过大半路程，我与梁兄分别的时候快到了，心头百感交集，涌上无限惜别之意。

我停下脚步，对梁兄作揖说道："送君千里终须一别，梁兄，我们就此别过，你快快转身回书院。"

梁兄笑道："时光如逝水，在这钱塘道上，想起与贤弟草桥结拜忽已三年，旧日情景清晰如昨。就让愚兄送你到长亭吧。"

往事历历在目，心结依旧难解。我的满腹愁绪，使这春风醉人的钱塘官道似有万千心事。不觉已踏过草桥，眼前就是古凉亭，冲着钱塘官道的亭子檐额题着两个字：长亭。我与梁兄对坐在长亭的石墩上歇息，银心没有跟脚进来，而是站在亭外的石阶上遥看钱塘湖的风景。

钱塘湖的风儿柔肠百结地在长亭中盘桓回旋。一黑一彩两只蝴蝶在亭内亭外欢快地飞舞。我有些恍惚，这两只蝴蝶莫非与我们一路相随、从万松书院来到了钱塘古凉亭？

我收回目光，看了一眼对面的梁兄，忽然发现梁兄的眼神中亦满是依依惜别之情。非是梁兄泥塑木雕不解情，实是我害羞不敢道出实情来。

我深情地凝视着梁兄说道："梁兄，你我从此一别，如同鸿雁两分离，我、我……"

梁兄看我欲言又止，便笑道："贤弟若有事交代愚兄，不妨直说。"

我的脸颊一热，一定是双颊绯红了，少顷定神说道："小弟知道梁兄尚未定亲，临别时有意为你做……大媒。"

梁兄惊喜道："贤弟为愚兄做媒，实令我喜出望外。不知千金是哪一位？"

我竭力按捺着狂跳的心儿，不敢正视梁兄，轻轻地说道："就是我家……九妹，她与我乃是同年同月同时生的龙凤胎，容貌品性无两般。钱塘求学前，家父曾嘱我选俊杰给……九妹……配姻缘，未知梁兄……"

梁兄一把拉着我的手，喜笑颜开道："多谢贤弟玉成愚兄婚姻大事！"

我羞涩地抽回自己的手，垂目说道："君子一言，驷马难追。小弟约你，七月初七乞巧日，梁兄务必前来我家……上门提亲。"

　　梁兄郑重地点头道："贤弟放心，愚兄一定准时前往祝家庄，向令尊仁伯大人提亲。"

　　我起身告辞道："梁兄千万不可负约失信。小弟就此别过，梁兄多多珍重。"

　　走出长亭的那一刻，我忽然心一宽，两颗泪珠悄悄地滑落下来。

拒婚抗争

再见到梁兄是在七月初七乞巧日。我与梁兄在钱塘长亭依依相别后的每一天，我都盼望着与梁兄早日重逢，却又怕与梁兄再次相见。每时每刻，我悲伤郁愤；每分每秒，我忧心如焚。但这一天注定要到来，梁兄是个守信重诺的君子。而英台我，此生却要身不由己负了梁兄。

从钱塘万松书院辞学返乡，在我跨入家门的那一刻，我就明白爹爹是把我骗回了家。他容光焕发地坐在客厅的太师椅上，正与祝大爹一起高谈阔论，谈天说地，他哪里有曾经病重卧床的迹象？我快快不快地对爹爹和祝大爹行了大礼，然后兀自带着银心上了楼。

待我在闺房卸了男儿装束，还了女儿装，来到毓秀阁时，爹爹已送走了祝大爹，满脸欣然上楼来。我沉下脸，对爹爹说道："女儿在钱塘好端端地求学攻读，爹爹为何托病把我骗回家？"

爹爹呵呵笑道："英台莫非要读书一辈子？一个千金小姐，裙钗之女，读书再多又如何？还不是嫁夫生子，相夫教子……"

我恼怒地背转身子，临窗而立。

爹爹走到我的身旁，喜形于色地说："英台，为父命你辞学回家，实是为了你的终身大事。"

我忽地回过头来，不解地看着爹爹。

只见爹爹抚髯笑道："为父已觅得乘龙快婿，亲家定好金秋十月迎娶英台。"

我惊愕地倒退了一步，大惊失色："爹爹……您不是在开玩笑吧？"

爹爹说："鄞县的马太守府，素闻我儿英台乃上虞才女，便托人为马家公子马文才说媒求亲。马家是簪缨世家，阀阆门第，为父已允了这天赐良缘。"

马文才？我头晕目眩，感觉到天在旋，地在转，银心一把扶住了我。我已把一只白玉蝴蝶托付给师母做大媒。在钱塘长亭我对梁兄亲口许九妹。我自许终身，已是梁家的人了。爹爹怎可把英台另许马家？我回过神来，一字一句地说道："爹爹，女儿不嫁！"

英台拒婚

爹爹狐疑不定地说："男大当婚，女大当嫁，英台岂有不嫁之理？"

我的泪水涌了出来，哽咽道："女儿我已自许终身，意中人便是同窗三载的会稽梁山伯。我已约他七月初七乞巧日前来向爹爹提亲求婚。"

爹爹震惊地粗着嗓子高声喝道："简直荒唐！你已是马家的人，岂可擅自另许梁山伯！没有父母之命，媒妁之言，既有辱门楣，又礼法不容！"

我哭泣道："爹爹……女儿认识那马文才，他曾求学于万松书院，是个无良的浪荡公子，因其行为不端，王先生把他逐出了师门，女儿对他素来是不屑一顾，绝无好感。"

爹爹听了，愣了一下，随即说道："马文才纵是不堪，亲事已定，嫁鸡随鸡，嫁狗随狗……"

我伤心哭求："爹爹……女儿我与梁兄同窗共砚三长载，义结金兰情义深。钱塘师母做大媒，聘礼就是白玉蝴蝶，女儿辞学回家，梁兄十八里相送，临别时女儿我……已亲口许终身……"

爹爹勃然大怒，一拍书桌："婚姻大事非同儿戏，岂容你任性胡来？金秋十月马家迎娶，此事万难更改。"

我闻听此言，心底里坚硬起来，抹去泪水，不屈地脱口而出道："英台宁死不嫁！"

爹爹已然气急败坏，须发乱抖，怒视了我一眼，气冲冲地拂袖而去。

我与爹爹，已无法相向而行。固执的爹爹，以父权硬要把我拽回到他设定的轨道上，而同样固执的我偏是拧着劲儿与他逆行而去。

造化弄人！

直到今天，令我无限后悔的是我从钱塘辞学回家，从此与梁兄银河相隔两分离。爹爹已铁了心要把我嫁到马家去，任凭我哭哑了嗓子跪求他退了马家亲，爹爹亦冷若冰霜；任凭我茶饭不思形销骨立，爹爹他无动于衷。在我的婚姻大事上，爹爹如同高耸入云的山岩，冷漠而坚硬地阻挡在我眼前，阳光被遮掩了，昏暗的日子，似长夜一般漫漫无涯，空气稀薄得使我呼吸艰难，仿佛随时要窒息。

在日日夜夜的绝望中，我与银心一次又一次地谋划着逃离祝家庄，我要去钱塘万松书院，把自己嫁给朝思暮想的梁兄，让王先生和师母做我与梁兄的证婚人。

然而，爹爹早已有了戒备之心，吩咐祝家上下对我严加看守，甚至还恶狠狠地威胁银心："小姐若是擅离祝家庄，你全家人性命难保。"一个有权有势的员外，若要钳制他的佃户，当然是易如反掌。

当银心花容失色地把爹爹的话告诉我时，我的心苍凉而又哀伤，坠落进无边无际的绝望深渊中。

我所有的抗争或者哀求，在铁石心肠的爹爹面前，已是无济于事。我于浑浑噩噩中，行尸走肉般地苟延残喘。只有当我手握那只雪白的玉蝴蝶时，生命的气息才会复归我的灵魂，令我神采飞扬。朴实忠厚的梁兄，当他接到师母转交的那只白玉蝴蝶并为我与梁兄做大媒时，这个书呆子定然是目瞪口呆、继而又惊喜不已：同窗共砚三长载的祝信斋——祝英台，居然是个伪为男装的女裙钗。草桥结拜、义结金兰的好兄弟，在钱塘长亭把九妹许配给了梁山伯，这九妹居然就是祝英台！尽管我与梁兄山水阻隔，天各一方，我却能真切地感知梁兄的欣喜期盼——七月初七乞巧日这个我与他约定的日子，他会准时前来祝家庄向我爹爹提亲求婚。

　　然而，等待梁兄的却是金鸡啼破了三更梦，狂风吹折了并蒂莲。

楼台相会

　　相距半载之后的重逢，梁兄满怀欢喜，而我无限伤悲。他已是候任县令，且应约来会"九妹"，自是春风得意。当粗布蓝衫、风尘仆仆的梁兄看到我碧色绣襦、长裙曳地，又青丝云髻、薄施粉黛，不禁惊奇而震撼，竟痴呆无语。

　　我百感交集，强颜欢笑。

　　好久，梁兄方才回过神来，作揖笑道："贤……贤妹，愚兄……如约而来……"

　　我的心突然一阵剧痛，急忙转过身去。

　　梁兄在我身后欢喜地说："贤妹，师母她已对我全都说了，还交给我这只白玉蝴蝶，原来九妹就是贤妹呀……愚兄真是呆头鹅、老笨牛……"

——梁兄转到我面前，他的掌心里是一只晶莹温润的白玉蝴蝶。我的泪水忽地涌上来，顺颊而流，把梁兄惊得不知所措。

我与梁兄相会于毓秀阁，楼台上弥漫着无以排遣的绝望悲情。久别重逢的梁兄，欢天喜地自钱塘赶赴祝家庄，只缘于我亲口许九妹，又有师母做大媒，聘物就是玉蝴蝶，然而，爹爹已把我许配给马家。我已身不由己，没有选择余地。

这时，一黑一彩两只蝴蝶从窗口飞进来，停歇在我的书桌上，默默地相依相偎着。莫非它们亦善解人意、知我懂我，因而满怀感伤？

我怎么忍心让梁兄欢喜而来、悲痛而去？然而，我又不得不如实相告。果然，这个残酷的事实如五雷轰顶一般击中了梁兄。他惊愕万分，许久才失神地说道："方才见过令尊仁伯大人，见他儒雅礼仪，慈祥仁厚，为何就不能退了马家亲事、成全了你我姻缘？"

梁兄哪里知道，刚才我在楼下客厅，爹爹虎着脸严厉地警告过我："念你与梁山伯同窗结拜之情，他今天远道而来，爹爹容许你俩相见。你已是马家的人了，绝不能忤逆任性，有失礼法，务必要好言相劝梁山伯，让他另娶淑女。"

看到梁兄痛苦异常的神情，我心疼痛不已。梁兄走上前来，一把握住我的手，激动地说道："贤妹，既然令尊仁伯大人执意要祝马两家联姻，你不如随我返回钱塘，到书院拜堂成亲，王先生和师母就是我俩的证婚人。"

我抽回自己的手，摇头叹道："梁兄，你以为我们能走出祝家庄？如果可以的话，我早就只身赶赴钱塘来了……"

梁兄涨红了脸，胡乱地嚷道："既是如此，我要头顶状纸进衙告状，让官府为我俩做主，这普天之下总有说理的地方。"

看梁兄依然书生意气、天真得乱了方寸，我不禁心如乱麻，满怀悲戚："梁兄呀，马家有财又有势，我爹爹也是官场中人，他们与衙门官宦盘根错节，你可知官官相护自古皆然？梁兄，英台此生无望与你共牵手，梁兄另娶淑女成佳偶……"

梁兄打断了我的话，热切地盯着我的双眼，沉重而又深情地说道："哪怕是九天仙女，我也不爱！贤妹，自从师母做大媒，又有聘物玉蝴蝶，方知贤妹自许终身配愚兄，我的心中只有你祝英台，纵然与你今生不能成连理，我只求与贤妹生死两相随。"

听了梁兄这番话，我的泪水又一次忍不住奔泻而来。想起爹爹绝了父女情，非要把我嫁到马家去，礼法如天，父命难违，我只能灰心失望地对梁兄说："梁兄，我俩都曾通读圣贤书，孝道乃天经地义，如今爹爹做主把我许给马家，英台怎能逞性拂逆？子曰：五刑之属三千，而罪莫大于不孝……"

梁兄呆呆地依桌跌坐下来，他是一个博古通今、守礼知孝的仁义君子，断然不会为了儿女之情而置礼法于不顾。何况，他是一位即将上任的县令，明白衙门规矩与世俗礼法，只是一时为情所困，身不由己。

良久，梁兄黯然低语道："贤妹，难道你甘心嫁与那个……那个马文才？"

梁兄绝望的眼神，让我心伤欲碎。沉默了一会儿，我哽咽道："梁兄，英台我曾无数次地祈祷，有情人终能成眷属，期盼与梁兄执子之手，与子偕老，然而美满姻缘终成梦，我与梁兄难结并蒂莲。"

梁兄静默呆坐，仿如沉思。书桌上那一对蝴蝶缓缓地飞起，飞向窗外，又折回来，在我与梁兄之间徘徊飞舞。银心端了茶盘上来，我吩咐她送上酒来。我颤颤地斟了两杯"女儿红"酒，毓秀阁顿时醇香四溢。

我把一杯酒递给梁兄，忍受着内心的伤痛，持杯敬道："梁兄，你我长亭相识，草桥结拜，又同窗共读三长载，情投意合非寻常。梁兄贤良方正，小妹素来敬重，暗许终身，曾满心盼望梁兄笙箫管笛来迎娶，却不料未到银河鹊桥断。既然不能天从人愿，你我就……以兄妹相待。梁兄你满腹才华，前程远大，从今往后，在仕途上善自珍重……"

楼台相会

梁兄木然地站了起来，脸色灰白，一片愁雾，他端起酒杯一饮而尽。或许这一杯酒喝得太猛了，以至于梁兄忍不住咳嗽起来，他掏出手帕捂住嘴巴，还是咳嗽不止。

我赶紧跑过去，给梁兄轻捶后背，他渐渐地缓过气来，止住了咳嗽。这时，我突然看到梁兄手中的手帕上红晕点点，心头一紧，惊慌道："梁兄你……小妹害了你呀……"

梁兄藏了手帕，凄然一笑："贤妹不必担心，愚兄稍憩一会就好。"

我扶着梁兄坐下，又把茶递上。梁兄神色恍惚，形容憔悴，与他初到祝府时的神采飞扬，判若两人。梁兄原本体弱，怎能经此重击！

我似万箭穿心，痛彻肺腑。

梁兄坐了一会儿，便挣扎着离座，对我作揖说道："贤妹，愚兄这就告辞了。"

我一把攥着梁兄的胳膊，满怀悲情地哭泣道："梁兄远道而来，小妹害你扶病而归……"

梁兄复又落座。我俩百感交集地回忆往昔的经历，哭诉相思相念之苦，悲叹世事无常，难遂人愿……

最后，梁兄从怀中掏出那只白玉蝴蝶，交还给我："贤妹，世事难料，造化弄人，愚兄不怨你。这只白玉蝴蝶物归原主，请贤妹收好。愚兄染病无药可医，今日一别恐成永诀……"

这人世间最令人绝望的事情是我们无力掌控自己的命运，如汹涌波涛中的一叶孤舟，险象环生，随时覆没。

在那一瞬间，我多想紧紧拥抱梁兄——我痴心相恋的梁兄，从此不再分离。然而，倾情相爱，无缘牵手。无形又无情的残酷礼法，束缚着我。两个有情人的深情相拥，成了一生都无法实现的奢望。

我泪如雨下，肠断心碎，心头突然涌上两句古诗："结发同枕席，黄泉共为友"——焦仲卿与刘兰芝双双殉情、共赴黄泉的景象，真切地闪现在我眼前。我对梁兄悲恸道："梁兄啊，这白玉蝴蝶是小妹自许终身的信物，你怎可轻易奉还？小妹既已长亭亲许，师母做媒，梁兄又赶赴祝家提亲求婚，小妹怎可失信于梁兄？生前不能夫妻配，死后也要同坟台。梁兄，你千万珍重，不要心灰，英台我与你地老天荒永相随！"

这是我的爱情誓言，梁兄应能听得明白。

今生无望，相约来世。

悲情出嫁

　　铜镜中映现出一个美丽的新娘。脸赛桃花，眉若新月，唇似樱桃。只是，那一双柔波流转、顾盼生辉的丹凤眼，此刻正是雾霭缭绕，烟波浩渺。再也没有烟视媚行的神态了，再也不可能笑容嫣然、春风拂人了。只有无尽的悲凉与忧伤，笼罩着即将出嫁的新娘。

　　一身白衣素服的我缓缓地站了起来，穿上了大红嫁衣，在蒙上鲜艳的红盖头前，我看到了铜镜旁的那只雪白的玉蝴蝶，它的另一半在梁兄那儿，我怎么能让它们阴阳两相隔呢？蝴蝶都是要成双成对的。幽幽地叹息了一下，然后细心地珍藏在怀中。

　　这时，一黑一彩两只蝴蝶在我眼前盘旋飞舞了三圈，然后飞向窗外。

银心搀扶着我走出闺房，在毓秀阁前我迟疑地停了一下脚步，少顷便示意银心扶我下楼。

在此之前，我因为命运不测，绝无可能与马文才同床共眠，所以一力主张把银心送回家去，爹爹也同意了，可银心非要陪嫁过去，说要当我一辈子的丫鬟。

我与银心情同姐妹，不忍因为我的不测命运而误了她的终身大事，便故作平静地说："银心，等我走了，你可要好好地嫁个人。"

银心脸一红，没有听出我的话外之音，嗫嚅道："小姐，我真的想陪你一生一世……"

我忍不住了，凄然地说："银心呀，梁兄一走，我生又何欢？你可要记住我的话……"

银心这才有些明白过来，她抱着我哭了起来："小姐，你可别……可别丢下银心……"

我眼含泪水，一只手机械地抚摸着银心的柔柔青丝，心中愁肠百结。

后来，泪眼蒙眬的银心表示非要伴我走过这一程。我只好答应了她。

今日的祝府亲朋满座，热闹非凡。

只有我，是孤单凄凉的。还有，归葬在鄞西高桥镇清道源九龙墟的梁兄，他与我一样孤单凄凉。

当我下了楼，一班鼓手便热热闹闹地吹奏起来，爆竹鞭炮也轰轰烈烈地炸响在晴空中，熙熙攘攘的人流在我身边川流不息。透过红盖头，我的眼前只是一片漫无边际的红色，这样的红色应该代表着幸福，然而我感觉不到火红的温暖。我看不到迎娶我的、戴着大红花的新郎马文才，只见到梁兄一个人孤单凄凉地长眠在棺木中。

木偶般的我被人带到了客厅，只听得欢天喜地的孙媒婆扯着嗓子喊道："马祝联姻，喜结良缘。花好月圆成佳偶，天长地久鸳鸯配……"想起黄土垅中的梁兄，我伤心得流不出眼泪了，只是焦急地应付着那些按部就班的一应仪式，盼望着尽快上船，赶到鄞西高桥镇清道源九龙墟，与我的梁兄相会。

在我拜谢爹爹时，我突然涌上生离死别的感觉，嗓子一热，带着哭腔悲凉地喊了一声："爹爹……"这是我此生最后一次呼唤我的爹爹了。我这一走，将一去不复返，留下他老人家孤苦凄凉地熬过余生，是为女儿对白发老父最大的不孝。然而，我已没有别的选择。我与梁兄曾经山盟海誓，如今梁兄已永逝人间，我岂能负约失信？

爹爹是不是有了不祥的预感？他轻轻地拉起我的手时，我明显地感到爹爹的手是冰凉的，而且微微有些颤抖。他似乎叹息了一声，然后把我的手交到了另一个男人的手掌中——这一定是新郎官马文才，他的手激动得滚烫而又潮湿。

我想起两年前在万松书院的那个深夜，在山下喝醉了酒的马文才就是手牵钱塘歌伎的手儿，胡作非为地哄闹书院，惹怒了王先生，而被逐出了万松书院。我的心头涌起憎恨之情，冷冷地抽回了自己的手儿。

已是午后了。在鼓乐齐鸣、爆竹声中，我被扶上了大红花轿，随着孙媒婆的号令，花轿被高高抬起，向玉水河畔前行，那儿停泊着马家娶亲的船队。沿途，我恍惚听得人们在纷纷议论道："祝员外嫁女儿，喜事办得真风光，这嫁妆从家门口摆到了玉水河畔。"

花轿在玉水河畔停了下来，我在银心的搀扶下，踩着铺满红纸的石阶，走进了喜船的船舱。

我撩开红盖头一角，透过船舱向岸上一看，岸上挤满了喜气洋洋的人们。爹爹与谢先生、祝大爹他们站在一起，他没有丝毫的喜悦之情，只有满脸的落寞与忧虑。

我的心颤抖了一下，赶紧放下红盖头，银心扶着我在船舱里的椅子上坐了下来，这时，她惊讶地对我说："小姐你说奇怪不奇怪——那两只蝴蝶从祝家庄一路跟来，现在飞进了船舱。一只是黑蝶，还有一只是彩蝶，这是不是去年钱塘万松书院飞来的蝴蝶啊？"

又是这一对形影不离的蝴蝶！我的心不禁一动。

从春天到又一个春天，从钱塘万松书院到上虞祝家庄，这一对蝴蝶始终在我眼前轻舞飞扬。然而我明白，蝴蝶的生命周期是美丽而又短暂的。这历经春夏秋冬的一黑一彩两只蝴蝶，绝对不是自钱塘随我而来的那一对蝴蝶，但是它们心有灵犀，始终如一地围绕着我，令我不止一次地感到神奇和惊叹！它们，似乎在若隐若现地暗示着我什么，但是那神秘的指向，一直让我百思不解。

这时，我的手掌中又握着那只雪白的玉蝴蝶，温润而又柔糯的感觉，让我想起了梁兄手中的另一只白玉蝴蝶。突然，我的心头电闪雷鸣："蝴蝶是要成双成对的。"当我把白玉蝴蝶作为信物托付给梁兄时，满心祈盼天从人愿，让我与梁兄如同一对蝴蝶深情相伴、自由飞舞！然而，有情人未能成眷属，斯人已长逝，美丽的蝴蝶梦倏然幻灭。

生死相许

马家婆亲的船队在喜乐声中出玉水河入曹娥江。我让银心去船舱外向船家打听一下这船队何时路经鄞西高桥镇清道源九龙墟,她回来告知我,如果顺风顺水的话,明天早晨便可到达。

马家迎娶的船队共有六条大船,新郎马文才乘坐的船只带队前行,迎娶新娘的船排在第二位置,接下来便是装运嫁妆的船只。我落座的是中舱,前后舱是马家的亲友与仆人。这是银心告诉我的。银心还说,这中舱还安放了一张床,铺上了大红的丝绵被子。

船队在曹娥江上疾速前行,天色渐渐地暗了下来。前舱的马家女仆送来了点心,权当晚餐。我一点儿胃口也没有,脑海里浮现的都是如烟往事，记忆中梁兄的影子时而清晰，时而恍惚。我和衣躺在床上，忽悲忽喜，恍然入梦。

梦中有一对如影随形的蝴蝶，它们无论春夏秋冬，阴晴雨雪，一如既往地恩爱相伴，深情相舞。它们共戏花丛，逐欢蓝空。忽然有一次，当它们在姹紫嫣红的百花园中飞舞追逐时，一只魔爪突如其来地抓住了黑蝶，撕折了它美丽的双翼，碾碎了它轻盈的身躯。悲伤欲绝的彩蝶一次又一次从空中俯冲下来，撞向那只魔爪。然而那疯狂挥舞的魔爪抓住了彩蝶，也撕折了它美丽的双翼，碾碎了它轻盈的身躯……我惊叫着从梦中醒来，银心把我从床上扶起来，心有余悸的我扯下红盖头，目光怔怔地四下回顾，似乎要在船舱中寻找什么。

银心捶着我的后背，黯然叹道："小姐又做噩梦了吧？"

我想起了梦中那对惨死的蝴蝶，悲伤的眼泪哗地一下流淌下来。

马家娶亲的船队在黑暗的江面上颠簸起伏，我的心绪随之沉沉浮浮，再无睡意，与银心一起漫无边际地回忆着依稀往事，悲欣交集，不能自已。

我想起有一件要事必须交代银心，那是我在人间唯一的牵挂。梁兄的母亲已有玉儿照顾，而我的爹爹呢？昨日深夜，我知道自己不得不走了，而从此一别，定是天上人间，因此仓促之间给爹爹留下了一封诀别信，一个字一行泪，痛诉女儿的不孝，负了爹爹的恩义，盖因女儿已走不出与梁兄的情缘，还望爹爹与亲友们千万宽宥。信中还说，女儿已与银心结为姐妹，从此之后，银心代女儿尽孝，侍奉爹爹。

这封信札就存放在毓秀阁我手抄的《诗经》中。

我拉起银心的手，慎重地说道："银心，你我相伴多年，情同姐妹。如今，我就认下你这个妹妹，你可一定要答应我，待我走后，你就回府去，把《诗经》中的信札交给爹爹，务必要孝顺爹爹，照顾好老人家，我心方安……"

聪敏的银心其实早知我的心思，只是无法接受那残酷的现实，我的话还没有说完，她的泪水已涌了出来。

我搂过银心，含泪道："银心……你是我的好妹妹，我的心也只有你知道……叫我一声姐姐吧，银心……"

银心抬起头来，泪如泉涌："姐姐……姐姐啊……银心舍不得姐姐……"

我为银心轻轻拭去了泪水，神色决绝地说："妹妹……我的好妹妹，来生我俩还做姐妹。"

银心忍泪点头。看得出来，这一天一夜，她与我一样经历了无以言说的伤痛。

这时，船舱外已露出了晨曦。

不一会儿，前舱的马家女仆送来了热气腾腾的早点，可我依然没有一点儿食欲。

此刻已是清晨，我让银心出舱去问船家，船队是不是已到鄞西高桥镇境内。银心回告，船队快要到清道源九龙墟那一带了。我立即激动起来，我日思夜想的梁兄，英台马上就要与你相会了。我上喜船之前，爹爹已与孙媒婆、新郎马文才商定，喜船途经鄞西高桥镇时靠岸停泊，我白衣素服前往祭拜梁兄。

然而，船队没有停泊下来的意思，我焦急地让银心出舱催问船家。银心问明缘由后，进舱来对我说："姐姐，马家已吩咐船家不准靠岸，速速赶往鄞县马家成婚。"

我愤恨地站了起来，悲戚地说道："既然如此，我只好投江而去了。"——此时此刻，我的耳畔仿佛轰响着英华曾经说过的话："绝不能辜负了自己的心！"我的眼前仿佛看到了英华与赵姓小木匠义无反顾地跳入了玉水河。英华为了爱情决然赴死，英台又岂能苟且偷生？

我的话音一落，银心惊得一把拉住了我。

就在这时，风和日丽的江面上，忽然狂风暴雨，波涛汹涌。船只剧烈地摇晃起来，似有覆舟之危。银心惊骇地抱紧了我，我泰然地拍了拍银心的后背道："妹妹别怕，这是天怒人怨。我恨不得葬身在这江水中，只是连累了你。"

正说话间，感觉到船已靠岸，天空似乎平静了下来。

我暗自称奇，立即脱去凤冠霞帔，拉起银心奔出船舱，在船头截住正在忙碌的篙师问道："请问，这儿可是清道源九龙墟？"

　　篙师看到我一身白衣素服，不禁一怔，随即答道："正是。岸上是梁县令新坟，想必是鬼魂招来了狂风巨浪……"

　　我没有听完他的话，拔腿往岸上奔去，银心也立即跟了上来。我回头喊道："妹妹，你快回去，千万别忘了姐姐的托付！"

　　"姐姐……"银心一边呼唤，一边冒雨冲来。

　　这时，我看到一黑一彩两只蝴蝶在我眼前相伴飞舞，我的心一动，这对充满了灵性的蝴蝶，莫非是为英台而生、为英台而舞？我眼含热泪，突然有一种直觉，相信它们会指引我到达我要去的地方。果然，当它们不再向前飞去，只在一处新冢上方交错盘旋时，我看到了梁兄的坟台！

　　芳草萋萋，空旷幽怨。

　　梁兄！

　　我扑倒在梁兄的坟墓上，痛彻心扉地呼喊道。楼台一别成永诀，千古遗恨魂魄消。九泉之下的梁兄，你可听到英台肝肠寸断的痛哭与哀号？生前不能夫妻配，死后也要同坟台。梁兄你可记得英台的山盟海誓？今天英台践约而来，要与梁兄共生死。我抚碑悲恸，泪如泉涌。

　　此时，天地呜咽，风雨号泣。狂风掠过辽阔的江面，掀起惊涛

化蝶双飞

骇浪。低垂的天空电闪雷鸣，裹挟着倾盆大雨洒向大地。银心在我身后大声喊道："姐姐，我们快回去吧……"我依然紧紧地拥抱着梁兄的墓碑，仿佛拥抱着我此生的最爱、此生的幸福。我的热泪与雨水融为一体，倾洒在梁兄的坟墓上。

恍如天崩地裂，我突然看到梁兄的坟台霍地裂开来，风雨中的一对蝴蝶相依相偎飞舞进去。

我的心一阵狂喜。

天地有情，终遂人愿。我仿佛觉得，梁兄的坟台就是我的天堂，他含情脉脉地张开了双臂迎接我。这是我最后的、别无选择的归宿。我的手掌中紧握着那一只雪白的玉蝴蝶，满怀幸福地纵身跃入梁兄的坟台。

在那一瞬间，我感觉到身后的银心下意识地拉住了我——只是拉住了我的裙角，她多么想把我拉回到人间，因为我是她唯一知心的姐姐！

然而，此时此刻已没有任何一种力量可以阻挡我了。我摆脱了人世间的种种羁绊，我自由地拥有了自我，我义无反顾地奔向梁兄的怀抱：

梁兄，英台来了！我娘说过，蝴蝶终究是要成双成对的。

梁祝故事考

流传久远的梁祝故事

在中华文化史上，梁祝故事源远流长，传说纷纭，呈现了独特而又繁复的文化景象。

《华山畿》是南朝（420—589）著名的爱情民歌集，第一首词是："华山畿，君既为侬死，独生为谁施？欢若见怜时，棺木为侬开。"《乐府诗集》（宋郭茂倩）卷四十六清商曲辞三之《华山畿二十五首》引《古今乐录》为注，记载了这个千古绝唱的爱情故事：

少帝时，南徐一士子，从华山畿往云阳，见客舍有女子，年十八九，悦之无因，遂感心疾。母问其故，具以启母。母为至华山寻访，见女具说。女闻感之，因脱蔽膝，令母密置其席下，卧之当已。少日果瘥，忽举席见蔽膝而抱持，遂吞食而死。气欲绝，谓母曰："葬时车载，从华山度。"母从其意。比至女门，牛不肯前，打拍不动。女曰："且待须臾。"妆点沐浴，既而出，歌曰："华山畿，君既为侬死，独活为谁施？欢若见怜时，棺木为侬开。"棺应声开，女遂入棺，家人叩打，无如之何，乃合葬，呼曰"神女冢"。

《华山畿》表达了一个青年女子对爱情生死相许的刚烈情怀，后世学人及民间皆认为这是梁祝故事的原型。如明朱孟震在《浣水续谈》中说到《华山畿》，认为"事与祝英台同"。清褚人获在《坚瓠集》中说得更加明确："乐府有《华山畿》，本与梁山伯、祝英台事同。"在近代学者中，钱南扬的《祝英台故事叙论》、顾颉刚的《华山畿与祝英台》等，均把梁祝故事与《华山畿》联系起来作了论证。

颇有意思的是，《华山畿》的发生地，各家版本不同，亦是众说纷纭。在江苏省境内，有"高淳花（华）山""句容大华山""（镇江）丹徒华山"，甚至还有陕西的"西岳华山"之说。

元朝的《至顺镇江志》有如此记载：

《润州类集补遗》载《华山畿》曲云"华山"，即今花山。观《古今乐录》，所载华山畿事，谓南徐士子自华山畿往云阳，以地里考之，花山在州东北，云阳在州西南，华山神庙在两者之间，去云阳为近，则知华山畿即今神庙之华山，非花山明矣。此地草木葱郁而秀，故曰"华山"，取其光华也。今城东有花山寺可证。（《丹徒县》"华山"条目）

　　这部方志明确无误地把《华山畿》故事发生地认定为"丹徒华山"。而毕生倡导"大胆假设，小心求证"的我国新文化运动的开山宗师胡适也曾对《华山畿》的发源地进行过考证，在其著作《白话文学史》（上卷）中则认为："华山为高淳境内的花山。"

　　后经当代专家考证，《华山畿》发生地现确定为江苏省镇江新区（原丹徒县）姚桥镇华山村，村口大堡头现存《华山畿》中这对青年男女合葬墓遗址，当地人称之为"玉女墩"，立碑"神女冢"。华山村是江南第一古村，现存有古银杏、无草地、奈何桥、万年台、龙脊街、大帝庙、文昌阁、拴马桩等历史古迹，曾建有"神女祠"（今已毁）。明代朝鲜诗人金宗直曾在华山村考察《华山畿》故事并作《华山畿》七绝一首："冢上青青连理枝，行人争唱《华山麓》。野棠花发当寒食，几度春魂化蝶飞。"古典名著《红楼梦》作者曹雪芹的祖父曹寅，任康熙年间江宁（今南京）织造，通诗词，晓音律，亦有诗句曰"东风野草华山麓，鸳鸯双宿韩凭树"（《题明妃图》）。当地百姓把感天动地的华山悲歌称为"小梁祝"。

"上邪！我欲与君相知，长命无绝衰。山无棱，江水为竭，冬雷震震，夏雨雪，天地合，乃敢与君绝！"（汉乐府《上邪》）爱情摇曳多姿、动人魂魄，乃是自古以来人间最美丽的情感、最执着的追求、最动听的乐章、最醉人的诗篇。一往情深、生死相许的情爱追求，便是人间极致的爱情境界，绽放出鲜艳夺目的奇花异卉。

在上下五千年的文明古国中，梁祝故事的起源、衍变与发展，有其深厚的文化土壤与人文内涵。

作为一个动人的爱情故事，梁祝传说最初见诸文字，只是寥寥数字。如唐初梁载言《十道四蕃志》谓："善权山南，上有石刻'祝英台读书处'。"又记："义妇祝英台与梁山伯同冢，即其事也。"记载固是十分简单，然而可让人追寻"梁祝同冢"背后的动人故事。

自晋至唐，梁祝故事应在民间流传已久，所以晚唐张读的《宣室志》对梁祝故事作了这样的描述：

英台，上虞祝氏女，伪为男装游学，与会稽梁山伯者同肄业。山伯字处仁。祝先归，二年，山伯访之，方知其为女子，怅然如有所失。告其父母求聘，而祝已字马氏子矣。山伯后为鄞令，病死，葬鄞城西。祝适马氏，舟过墓所，风涛不能进。闻知有山伯墓，祝临冢号恸，地忽自裂，陷祝氏，遂并埋焉。晋丞相谢安奏表其墓，曰：义妇冢。

《宣室志》是唐人笔记小说，集中纂录仙鬼灵异之事。我们应该对一千一百多年前的张读满怀感激，是他的传奇文笔，定格了这个感天动地的梁祝爱情故事。（经当代学人查证，张读《宣室志》最早版本上并无梁祝的记载。清乾隆年间学者翟灏《通俗编》引录的《宣室志》梁祝故事，应为翟灏误编所致。如系翟灏误编，原文出处何在？或是翟灏自编？照录存疑。）

自此以降，历代文人、艺人自觉地参与到了梁祝故事的再创作中，不断地丰富情节，拓展故事，提升其思想蕴含。

宋徽宗大观间明州（现宁波市）郡守李茂诚所撰《义忠王庙记》云：

神讳处仁，字山伯，姓梁氏，会稽人也。神母梦日贯，怀孕十二月，时东晋穆帝永和壬子三月一日，分瑞而生。幼聪慧有奇，长就学，笃好坟典。尝从名师，过钱塘道，逢一子，容止端伟，负笈担簦渡，航相与。坐而，问曰："子为谁？"曰："姓祝，名贞，字信斋。"曰："奚自？"曰："上虞之乡。"曰："奚适？"曰："师氏在迩。"从容与之讨论，旨奥，怡然自得。神乃曰："家山相连，予不敏，攀鳞附翼，望不为异。"于是乐然同往。肄业三年，祝思亲而先返。后二年，山伯亦归省，之上虞，访信斋，举无识者。一叟笑曰："我知之矣。善属文，其祝氏九娘英台乎？"踵门引见，诗酒而别。山伯怅然，始知其为女子也。退而慕其清白，告父母求婚，奈何已许鄮城廓头马氏，弗克。神喟然叹曰："生当封侯，死当庙食，区区何足论也。"后简文帝举贤，郡以神应召，诏为鄮令。婴疾弗瘳，嘱侍人曰："鄮西清道源九陇墟为葬之地也。"瞑目而殂，宁康癸酉八月十六日辰时也。郡人不日为之莹焉。又明年，乙亥暮春丙子，祝适马氏，乘流西来，波涛勃兴，舟航萦回莫进。骇问篙师，指曰："无他，乃山伯梁令之新冢，得非怪欤？"英台遂临冢奠哀恸，地裂而埋葬焉。从者惊引其裙，风裂若云，飞至董溪西屿而坠之。马氏言官开椁，巨蛇护冢，不果。郡以事异，闻于朝，丞相谢安奏请封"义妇冢"，勒石江左。至安帝丁酉秋，孙恩寇会稽，及鄮，妖党弃碑于江，太尉刘裕讨之。神乃梦裕以助，夜果烽燧荧煌，兵甲隐见，贼遁入海。裕嘉奏闻，帝以神功显雄，褒封"义忠神圣王"，令有司立庙焉。越有梁王祠，西屿有前后二黄裙会稽庙。民间凡旱涝疫疠，商旅不测，祷之辄应。宋大观元年季春，诏集《九域图志》及《十道四蕃志》，事实可考。夫记者，纪也，以纪其传，不朽云尔。为之词曰：生同师道，人正其伦。死同窀穸，天合其姻。神功于国，膏泽于民。谥义溢忠，以祀以禋，名辉不朽，日新又新。

从《义忠王庙记》来看，李茂诚虽谓"记者，纪也"，言之凿凿，但是记述之中可见虚构成分。他记录了梁山伯的身世、功绩等，加入了梁、祝的对话，情节甚是完整生动，特别是梁山伯具有了"神"的地位，显灵退寇，颇具传奇色彩。同时，李茂诚首次记述了梁山伯的生卒年月。梁山伯生于东晋永和八年（352年）农历三月初一，逝于东晋宁康元年（373年）农历八月十六，终年二十一岁，未曾婚配。祝英台出嫁在东晋宁康三年（375年）暮春，在梁山伯墓前"哀恸，地裂而埋葬"，殉情而卒。

在宋代，已有词牌《祝英台近》，苏轼、辛弃疾、吴文英等宋词大家以此词牌填词，可见梁祝故事影响颇深。至元代，刘一清的《钱塘遗事》、钟嗣成《录鬼簿》皆有梁祝故事的记载，杂剧作家白仁甫创作的《祝英台死嫁梁山伯》，惜已散佚。

到了明朝，徐树丕撰《识小录》如此记载了梁祝故事：

> 梁山伯，祝英台，皆东晋人。梁家会稽，祝家上虞，同学于杭者三年，情好甚密。祝先归。梁后过上虞寻访，始知为女子。归告父母，欲娶之。而祝已许马氏子矣。梁怅然不乐，誓不复娶。后三年，梁为鄞令，病死，遗言葬清道山下。又明年，祝为父所逼，适马氏，累欲求死。会过梁葬处，风波大作，舟不能进。祝乃造梁冢，失声哀恸。冢忽裂，祝投而死焉，冢复自合。马氏闻其事于朝，太傅谢安请赠为义妇。和帝时，梁复显灵异助战伐。有司立庙于鄞县。庙前橘二株相抱，有花蝴蝶，橘蠹所化也，妇孺以梁称之。按，梁祝事异矣。《金楼子》及《会稽异闻》皆载之。夫女为男饰，乖矣。然始终不乱，终能不变，精神之极，至于神异。宇宙间何所不有，未可以为证。

《识小录》中出现了"蝴蝶"的意象，使这个悲剧故事具有了浪漫意味。同处明代的詹詹外史编述了一部《情史类略》（又名《情天宝鉴》），其中在《祝英台》条目中，作者如是说："梁山伯、祝英台，皆东晋人。梁家会稽，祝家上虞。"又云："吴中有花蝴蝶，橘蠹所化。妇孺呼黄色者为梁山伯，黑色者为祝英台。俗传祝死后，其家就梁冢焚衣，衣于火中化成二蝶。盖好事者为之也。"
作者对于梁祝化蝶之情节，以理性思维作出了否认。"詹詹外史"
一向被认为是冯梦龙的又一别号，问题是冯梦龙在《李秀卿义结黄
贞女》（《喻世明言》）中写到的梁祝故事，明确地演绎了"梁祝
化蝶"这个情节，而且梁、祝的籍贯从会稽、上虞变成了苏州、义
兴（现宜兴），故而詹詹外史与冯梦龙是否同一人，姑且存疑，其
文照录：

　　有个女子，叫作祝英台，常州义兴人氏，自小通书好
学，闻余杭文风最盛，欲往游学。其哥嫂止之，曰："古
者男女七岁不同席，不共食，你今一十六岁，却出外游学，
男女不分，岂不笑话！"英台道："奴家自有良策。"乃
裹巾束带，扮作男子模样，走到哥嫂面前，哥嫂亦不能辨
认。英台临行时，正是夏初天气，榴花盛开，乃手摘一枝，
插于花台之上，对天祷告道："奴家祝英台出外游学，若
完名全节，此枝生根长叶，年年花发；若有不肖之事，玷
辱门风，此枝枯萎。"祷毕，出门，自称"祝九舍人"。
遇个朋友，是个苏州人氏，叫作梁山伯，与他同馆读书，
甚相爱重，结为兄弟。日则同食，夜则同卧，如此三年，
英台衣不解带，山伯屡次疑惑盘问，都被英台将言语支吾

过了。读了三年书，学问成就，相别回家，约梁山伯二个月内，可来见访。英台归，时仍是初夏，那花台上所插榴枝，花叶并茂，哥嫂方信了。同乡三十里外，有个安乐村，那村中有个马氏，大富之家。闻得祝娘贤惠，寻媒与哥哥议亲。哥哥一口许下，纳彩、问名都过了，约定来年二月娶亲。原来英台有心于山伯，要等他来访时露其机括。谁知山伯有事，稽迟在家。英台只恐哥嫂疑心，不敢推阻。山伯直到十月，方才动身，过了六个月了。到得祝家庄，问祝九舍人。时庄客说道："本庄只有祝九娘，并没有祝九舍人。"山伯心疑，传了名刺进去，只见丫鬟出来，请梁兄到中堂相见。山伯走进中堂，那祝英台红妆翠袖，别是一般装束了。山伯大惊，方知假扮男子，自愧愚鲁，不能辨识。寒温已罢，便谈及婚姻之事。英台将哥嫂做主，已许马氏，为辞。山伯自恨来迟，懊悔不迭。分别，回去，遂成相思之病，奄奄不起，至岁底，身亡。嘱咐父母，可葬我于安乐村路口，父母依言葬之。明年，英台出嫁马家，行至安乐村路口，忽然狂风四起，天昏地暗，舆人都不能行。英台举眼观看，但见梁山伯飘然而来，说道："吾为思贤妹，一病而亡，今葬于此地。贤妹不忘旧谊，可出轿一顾？"英台果然走出轿来，忽然一声响亮，地下裂开丈余，英台从裂中跳下。众人扯其衣服，如蝉蜕一般，其衣片片而飞。顷刻，天清地明。那地裂处，只如一线之细。歇轿处，正是梁山伯坟墓。乃知生为兄弟，死作夫妻。再看那飞的衣服碎片，变成两般花蝴蝶，传说是二人精灵所化，红者为梁山伯，黑者为祝英台。其种到处有之，至今犹呼其名为梁山伯、祝英台也。后人有诗赞云：三载书帏共起眠，活姻缘作死姻缘。非关山伯无分晓，还是英台志节坚。

在这则白话小说中，我们可以清晰地看到，冯梦龙回归了"好事者"的小说家本色，把梁祝故事叙述得十分生动、深情而又浪漫。

关于化蝶之说，近代学者钱南扬教授曾有这样论述：梁祝化蝶是由韩凭妻化蝶衍变而成。韩凭的家在河南开封，而"化蝶"异闻之流入江浙，即按最早的《春渚纪闻》所载"宜兴潘氏女……其终之日，室中蝶散满"的故事，也已经是北宋年间的事了。钱南扬之论，源出东晋干宝《搜神记》，其中记述了康王垂涎韩凭妻美色，欲强权夺之，后韩凭自杀，康王与韩凭妻登台，"妻遂自投台下，左右揽之，衣不中手而死"。宋代地理志书《太平寰宇记》则校补作"左右揽之，着手化为蝶"。

"裙化蝶"之说由此而来。

在梁祝传说的演变过程中，清道光岁贡邵金彪作的《祝英台小传》（《宜兴荆溪县新志》），按张恨水的说法，是把梁祝故事"美化完整了"。引述如下：

祝英台，小字九娘，上虞富家女，生无兄弟，才貌双绝。父母欲为择偶，英台曰："儿当出外游学，得贤士事之耳。"因易男装，改称九官，遇会稽梁山伯亦游学，遂与偕至义兴善权山之碧鲜岩，筑庵读书，同居同宿三年，而梁不知为女子。临别，祝约曰："某月日可相访。将告父母，以妹妻君。"实则以身相许也。梁自以家贫，羞涩畏行，遂至衍期。父母以英台字马氏子。后梁为鄞令，过祝家，询九官。家童曰："吾家但有九娘，无九官也。"梁惊悟，以同学之谊乞一见。英台罗扇遮面出，侧身一揖而已。梁悔念成疾，卒，遗言葬清道山下。明年，英台将归马氏，命舟子迂道过其处。至则风涛大作，舟遂停泊。英台乃造梁墓前，失声恸哭，地忽开裂，坠入墓中，绣裙绮襦，化蝶飞去。丞相谢安闻其事，奏于朝廷，请封为义妇。此东晋永和时事也。齐和帝时，梁复显灵异，助战有功，有司为立庙于鄞，合祀梁祝。其读书宅称"碧鲜庵"，齐建元间改为善卷寺。今寺后有石刻，大书"祝英台读书处"。寺前里许，村名祝陵。山中杜鹃花发时，辄有大蝶双飞不散，俗传是两人之精魂。今称大彩蝶尚谓"祝英台"云。

殊为有趣的是，邵金彪此记，把江浙两省所涉及的梁祝传说的"关键词"相互混杂，自相矛盾。邵金彪虽是为宜兴的地方志作《祝英台小传》，然而，其中所记上虞祝英台、会稽梁山伯、梁为鄞令、卒葬清道山、梁山伯庙、合祀梁祝等，皆为浙江的宁波、上虞，而善权山、碧鲜岩、祝英台读书处、祝陵、大彩蝶等，则为江苏的宜兴——江浙两省的梁祝传说、梁祝遗迹、梁祝风物等，邵金彪糅合在了一起，形成此记，留给后人一个迷惑不已的"谜"。然而，梁祝故事在邵金彪笔下确实显得更完整、更生动了。

我曾经看到过另外一则传说，云：梁山伯是明代人，祝英台则是南北朝人，两者相隔千年。祝英台是一位侠女，劫富济贫，曾经三次去马太守家盗银，最后中了马太守之子马文才的埋伏，死于乱刀之下。百姓感其侠义，将她厚葬并且在坟前立了石碑，正面刻着"祝英台女侠之墓"，背面详细记述了她的侠义之事。年深日久，石碑下沉，掩埋日深。梁山伯则是宁波府鄞县县官，清正廉洁，中年丧妻，无子，死后老百姓主动为之入殓，下葬时没想到刨出祝英台的墓碑。一位是一心为民的好官，一位是侠肝义胆的侠女，他们都是深得民心的人。所以大家觉得，让祝英台坟墓湮没，于情不忍，为梁山伯重新择地而葬，又似不妥。于是决定把他们两者合葬，立黑碑为梁山伯，立红碑为祝英台。

应该说，这个"清官配侠女"的故事，是后世"好事者"之杜撰。所说"梁是明代人，祝是南北朝人"，甚为不实，其故事当不可信。因为，早在唐初，梁载言的《十道四蕃志》即记录了"义妇祝英台与梁山伯同冢"之事，与明代相隔了宋、元两朝。而晚唐张读在《宣室志》中记晋丞相谢安奏表梁祝墓为"义妇冢"——这个指挥过著名的"淝水之战"的谢安（320—385）是东晋名相，在"东山再起"之前曾隐居上虞东山，此地与祝家庄相距不过二十余里，而且谢安应是祝英台同时代人，可谓乡邻乡亲。祝英台临冢祭奠，哀恸地裂，与梁山伯并埋，这个发生在古越大地上的奇情故事一定深深地打动了谢安的心，故才奏表其墓为"义妇冢"。明代的徐树丕在《识小录》中提到的《金楼子》已记载有梁祝故事——这是更早的梁祝传说的文字记载，其作者是梁文帝萧绎（508—554），曾任会稽太守，后为南梁第三代皇帝。虽然《金楼子》的这则记载在今存的《永乐大典》中没有找到，《会稽异闻》亦散佚，但是徐树丕作此记录，当应曾经亲见。南宋乾道五年（1169 年）张津编纂的宁波地方志《四明图经·鄞县》记曰："义妇冢，即梁山伯祝英台同葬之地也。在县西十里'接待院'之后，有庙存焉。旧记谓二人少尝同学，比及三年，而山伯初不知英台之为女也，其朴质如此。按《十道四蕃志》云'义妇祝英台与梁山伯同冢'，即其事也。"特别是宋代李茂诚的《义忠王庙记》还详细记述了梁山伯的生卒年月日。

因此，后世所谓梁山伯是明代人、祝英台是南北朝人之说及其由此敷衍出的传奇故事，是极不可靠的。

梁祝故事在千百年来的传说中，往往不断变化。如有版本说梁山伯、祝英台是玉帝驾前的金童玉女，因日久生情，受罚下凡历劫，命中注定三世姻缘不团圆。有一个流传在江浙一带的梁祝故事《三生三世苦夫妻》（白石坚整理），把梁祝故事与牛郎织女、孟姜女、白蛇传这三个民间传说糅合到了一起，在众多梁祝传说中独具异趣：

　　梁山伯与祝英台义结金兰，同窗三载，情同骨肉，到头来为啥棒打鸳鸯，不能结为夫妻？这里有个奥妙。

　　传说，梁山伯与祝英台最早是天上的牛郎星和织女星。因他俩在王母娘娘身边侍候时，时常眉来眼去，天长日久有了感情，私自约会亲热相好，被王母娘娘察觉，罚到人间受苦。

　　牛郎织女来到人间后，牛郎转世鲁国（今山东）万家为子，名万喜良；织女转世齐国（今山东）孟家为女，名孟姜女。二人长大成人后，一天，万喜良路过孟家后花园墙外，忽然看到孟姜女在花园池塘里洗澡，她因身子被万喜良看到，就嫁给他为妻。婚后三天，突然万喜良被秦始皇修长城抓去做苦工，音信全无。秋去冬来，孟姜女决心为丈夫送寒衣。她冒风雪顶严寒，千里迢迢寻夫来到长城脚下，一问她丈夫早已为秦始皇修长城累饿而死，尸骨被埋到长城底下。孟姜女就沿着长城哭呀，找呀，"哗啦！"一声，有段长城倒塌了，现出万喜良的尸骨。孟姜女抱着丈夫的尸骨痛哭，泪水变血水，最后一头撞上长城而死。这是一世夫妻。

再说，万喜良死后，又转世会稽（今浙东地区）梁家为子，名梁山伯；孟姜女死后，又转世上虞祝家为女，名祝英台。他俩成年后，祝英台女扮男装去钱塘（今浙江杭州）读书，路遇梁山伯，他俩结拜为兄弟同行，山伯年长为兄，英台为弟。

梁祝同学三年，情同手足。一日，英台接家书回上虞探亲。临别时为梁兄做媒许九妹为妻，约山伯早来祝府求婚。数月后，待山伯访祝，英台已被父母许配鄞城（今浙江宁波鄞县）马太守之子马文才了，此时山伯方知英台即九妹，心痛万分。山伯恨英台父母嫌贫爱富赖婚，愤而回钱塘发奋读书，考取鄞城县令。

梁山伯为官清廉，治县有方，关心农业，兴修水利，治虫灭灾，除霸安良，深得民心，连任九年，病死任上。百姓为梁县令在鄞城西乡九龙墟（今鄞县高桥镇）建坟造庙，烧香跪拜祷求保佑。

一天，祝英台乘船顺姚江回娘家。船经高桥九龙墟，突然风浪大作，行船困难不能前进。英台发现岸上有山伯坟墓，前往祭拜，思念与梁兄恩爱之情，纵身跳进裂开的坟墓之中，然后坟又合拢。那马文才气急，命家丁挖梁山伯坟墓。及至将坟墓挖开，突然从墓中爬出一条粗大的白蛇和一条粗大的青蛇来，把马文才吓死，然后，那白蛇、青蛇双双腾空驾雾飞去。据说，那白蛇就是祝英台，那青蛇就是梁山伯。这是二世夫妻。

白蛇和青蛇又转世为白素贞和许仙，在杭州相遇相恋。后来又有了白蛇传的故事，白素贞和许仙结为夫妇，则是三世夫妻。

《三生三世苦夫妻》颇具神话色彩与悲悯情怀。其牛郎星、织女星的轮回转世、苦命夫妻之传说，使我们看到流传者对梁祝悲情寄予了深深的同情。民间传说的变异性，恰恰是民间文学生生不息的特质之一。因为文化、民族、地域、时间的不同，传播者自身的思想、情感、想象力与审美取向，力求与受众的思想需求、文化观念相互融合，所以民间传说的变异，体现在语言、情节、结构、人物、主题的不断变异之中，同时呈现出了民间传说的鲜活形态与无限生机。

梁祝传说在发展、演化过程中，文人雅士、民间艺术各有创造，对失真的情节、有破绽的情节，予以自觉的修正，或自圆其说。如有版本说，梁祝同窗三载，同床而眠，梁山伯对祝英台的女性身份，始终浑然不觉，是因为冰雪聪明的祝英台在床铺中间置放了一碗水，以此为界，两人不得逾越，长达三年。梁山伯是重诺守信的君子，使女扮男装的祝英台保守住了自己的秘密。

梁祝传说的发生年代，各地亦有各种说法。春秋、汉代、西晋、东晋、唐朝、南北朝、五代梁时、明朝等，颇为纷纭繁杂。

现代诗人何其芳撰有《关于梁山伯与祝英台的故事》（《人民日报》1951年3月18日），他认为梁祝故事是在唐初流行的：

> 梁山伯祝英台的故事在汉族中的确是很早就流传的。徐树丕《识小录》卷三说，南北朝的梁元帝萧绎所著《金楼子》中就载有这个故事。但查现在还存在的从《永乐大典》辑录出来的《金楼子》残本，不见有这样的记载，徐

树丕的话就无法证实。徐树丕是明末清初的人，他当时见到的《金楼子》是全书还是根据别的书的转引，甚至他的话是否可靠，我们都无法断定。我们如果谨慎一些，是不能根据他这句话来推断梁祝故事的流行的朝代的。现存的较早而又可靠的根据是南宋张津等人撰的《乾道四明图经》卷二和元代袁桷等人所撰的《四明志》卷七都提到的唐代《十道四蕃志》中关于梁祝故事的记载。根据这个记载，断定梁祝故事在唐初已经在汉族某些地区流行，是无可怀疑的。也有记载说梁山伯生于晋穆帝时（见蒋瑞藻《小说枝谈》所录《餐樱庑漫笔》中所引的宋人作的梁山伯庙记），但这当是传说，不一定可靠。而且传说里面说什么人物是什么时候的人，和这个传说产生在什么时候，也是两回事情。

与何其芳论点相呼应的是，韩国藏有一部高丽时期的《十抄诗》，收入了中晚唐时期白居易、杜牧等诗人的七律诗，其中有一首余杭籍唐代诗人罗邺的七律《蛱蝶》："草色花光小院明，短墙飞过势便轻。红枝袅袅如无力，粉蝶高高别有情。俗说义妻衣化状，书称傲吏梦彰名。四时羡尔寻芳去，长傍佳人襟袖行。"诗中出现了"化蝶"的情节。高丽的释子山还出版了一部《夹注名贤十抄诗》

（上海古籍出版社于 2005 年 8 月出版发行了中文版），释子山在"俗说义妻衣化状"诗句下，注引了《梁山伯与祝英台传》，以诗歌形式讲述了梁祝故事，情节相当完整，如祝英台女扮男装、梁祝同窗共读、梁山伯访祝庄、梁祝合葬化蝶等，与我们今天熟知的故事基本相契。"君既为奴身已死，妾今相忆到坟旁。君若无灵教妾退，有灵须遣冢开张。言讫冢堂面破裂，英台透入也身亡。乡人惊动纷又散，亲情随后援衣裳。片片化为蝴蝶子，身变尘灰事可伤。"《十抄诗》《夹注名贤十抄诗》问世于两宋时期，从中可以看到梁祝故事由唐而宋的成形与流传。

梁祝传说自唐代开始，到明代冯梦龙的《李秀卿义结黄贞女》止，已演绎得血肉丰满。历代文人、艺人们以各种形式创作、传扬的梁祝文本，如方志记载、稗官野史、小说笔记、民间传说、诗词歌赋、戏剧、曲艺、音乐、影视等，其基本情节、故事主干均源出于此。

在现当代，戏剧中具有广泛影响的是越剧《梁山伯与祝英台》、川剧《柳荫记》。张恨水、赵清阁等创作过同名小说《梁山伯与祝英台》。进入音乐流传的是何占豪、陈钢创作的小提琴协奏曲《梁祝》，深情优美，名动天下。香港词坛大家郑国江曾以小提琴协奏曲《梁祝》为曲，填词《恨绵绵》，由香港早期实力派粤语歌手关正杰演唱，其中有"苍天爱捉弄人，情缘常破灭""即使未许白头，柔情难以绝"诸句，情天恨海，绵绵不绝，令人动容。

梁祝故事首次出现在银幕上是在 1926 年，宁波籍邵氏兄弟（邵醉翁、邵逸夫）导演制作了无声黑白电影《梁祝痛史》，由上海天一影片公司摄制，著名影星胡蝶饰祝英台，金玉饰梁山伯。

值得一提的是，越剧艺术对于梁祝故事传播的推动，是浓墨重彩的一笔。起源于清末古越嵊州的越剧，二十世纪二十年代起亮相上海滩后，群星荟萃，风靡沪上。时有"三花一娟一桂"，即施银花、赵瑞花、王杏花、姚水娟、筱丹桂。后有崛起的越剧新星袁雪芬、竺水招、尹桂芳、范瑞娟、傅全香、徐玉兰等越剧名伶。经过越剧界的不断推陈出新，"改良文戏"，一批优秀的剧目脱颖而出，越剧之花在上海绚丽绽放，成为我国的第二大剧种（京剧、越剧、黄梅戏、评剧、豫剧）。二十世纪四十年代初期，以梁祝故事改编新排的《梁祝哀史》是当时越剧表演的经典剧目，成为越剧演员的"看家戏"。经过不断改编，去芜存菁，纯真深情的梁祝故事，通过柔美清丽、悠扬婉约的越剧表演，愈益深入人心。1952 年第一次全国戏曲观摩大会，范瑞娟、傅全香等越剧演员进京演出《梁山伯与祝英台》，其后拍摄成彩色戏曲片（电影《梁山伯与祝英台》由袁雪芬、范瑞娟主演）。

二十世纪五十年代初期我国第一部根据同名越剧改编的彩色戏曲片《梁山伯与祝英台》成功拍摄后，对于这一新中国对外交流的重要文化成果，周恩来总理认为：《梁山伯与祝英台》不仅写了悲剧，而且写了理想，这就表示了中国人民是有理想的，这是一个鼓舞力量，它推动着中国这个民族生存下去，强大起来。他把这部影片以"中国的《罗密欧与朱丽叶》"介绍给国外友人。喜剧大师卓别林在周总理的邀请下，观看了《梁山伯与祝英台》之后，深为感动地说："就是需要有这种影片，这种贯穿着中国几千年文化的影片。希望你们发扬自己民族的文化传统和对美的观念。"该影片在国际电影节上多次获奖。

梁祝故事不仅在汉族中具有广泛影响，而且在壮族、白族、彝族、苗族、瑶族、布依族、独龙族、侗族、仫佬族、仡佬族、黎族、京族、藏族、回族、毛南族、土家族、客家族、畲族、傣族、水族等少数民族文化中亦具有恒久的生命力。梁山伯与祝英台追求爱情与婚姻自主，并生死相许，这个动人的故事，在任何的文化背景、语言背景下，在不同的时空、不同的生活环境中，都能获得强烈的共鸣，拥有永远的知音群体。

爱情无国界。梁祝故事在世界各国和地区的流传由来已久，远播朝鲜、韩国、越南、日本、新加坡、印度尼西亚等国家，并流传到欧美各国，梁祝文化研究亦日益深入。尤其是在当代，梁祝在国际文化界更是影响巨大。

何占豪、陈钢于1959年创作问世的小提琴协奏曲《梁祝》，流传到海外后引起了广泛的轰动，国外音乐评论家称之为"《蝴蝶的爱情》协奏曲"。我国小提琴演奏家俞丽拿、盛中国、吕思清，日本小提琴演奏家西崎崇子，比利时小提琴演奏家奥古斯丁·杜梅等都作过深情的演绎。法国"钢琴王子"理查德·克莱德曼、美国"钢琴公主"琳达·珍蒂分别演奏的《梁祝》钢琴曲，琴声如诉，流畅华丽，无不催人泪下。

这部杰出的音乐作品，迄今为止依然是中国在国际上的一张绚丽无比的文化名片。

梁祝的爱情故事自此更加风靡海外，走上了国际文化的大舞台。

以梁祝凄美感人的爱情传说为蓝本改编的中国原创音乐剧《蝶》，2008年8月应邀在韩国第二届大邱国际音乐剧节上作为闭幕大戏演出，获得组委会最高奖项——特别奖。漫天飞舞的彩蝶，让韩国观众如痴似醉。2009年3月，《蝶》剧在韩国首尔等主要城市进行了十四场巡演。同时，《蝶》剧已被韩方以最能代表亚洲水准的音乐剧推荐到美国百老汇。

2006年5月，日本学者渡边明次在东京成立了梁祝文化研究所。高中教师渡边明次退休后，自费前来北京外国语大学留学，学习汉语。在留学期间，《汉语中级教程》中的梁祝传说，把渡边明次深深地打动了，从此他利用学习之余走访了分布在中国十多个地区的梁祝故事遗存地，并拍摄了大量数码照片，搜集整理了许多梁祝资料。他的毕业论文是《寻访中国梁祝故事遗存地及其思考》，具有较高的学术水平，获得北京外国语大学国际交流学院授予的优秀论文奖。渡边明次回国后，继续潜心研究梁祝文化，相继完成了《梁祝故事三部曲》（《梁祝故事真实性初探》、小说《梁山伯与祝英台》中日对译版、《梁祝口承传说集》），以退休金自费在日本出版发行。渡边明次被誉为"海外梁祝研究第一人"。

2008 年 8 月，中国的汉白玉石雕《梁祝化蝶》，自宁波翩然"飞翔"至西方的爱情圣地——意大利维罗纳市的朱丽叶广场。

历久弥新的梁祝爱情故事所独具的魅力，令人炫目地辐射到地球村的每一个角落。

梁祝故事作为我国四大民间传说之一，自东晋至今已流传一千六百多年，不仅在华夏大地经久不衰，而且在海外亦有广泛而深远的影响。

不止一个故乡的梁祝

言情小说家张恨水在创作《梁山伯与祝英台》时，曾根据民间传说，考证出十个地方流传梁祝故事，涉及浙江、江苏、山东、甘肃、安徽、河北、山西七省。"……梁祝故事，其间提到会稽上虞的，要占百分之八十。而根据宋代以后文字，都指明了埋葬地在宁波，也当然，梁祝生产地在浙江了。"（张恨水《关于梁祝文字的来源》）

2003年10月18日，国家邮政局发行了《民间传说——梁山伯与祝英台》特种邮票一套五枚，小本票一本。这五枚邮票分别是《草桥结拜》《三载同窗》《十八相送》《楼台伤别》《化蝶双飞》，基本体现了梁祝故事的经典情节。非常有趣的是，全国各地与"梁祝"沾亲带故的省、市开展了旷日持久的争抢梁祝特种邮票首发地的活动。最终，国家邮政局在浙江的宁波、杭州、上虞，江苏宜兴，山东济宁，河南驻马店这六个城市同时举行梁祝特种邮票首发式，其中，宁波作为梁祝故事的发源地，获准为首发式主会场。这是世界邮票史上殊为罕见的趣闻逸事。

梁祝发源地之争由来已久。在源远流长的梁祝传说中，各种版本的方志、辞典、戏曲、传奇、小说等，对梁祝的籍贯各有说法。经有关专家考证，目前全国各地梁祝遗迹多达十七处，其中读书处六个，墓十处，庙一座。

梁祝读书处：浙江省杭州市万松书院、江苏省宜兴县善卷洞、河南省汝南县、山东省曲阜市、山东省邹县峄山、重庆市合川区。

梁祝坟墓：浙江省宁波市鄞县高桥镇、甘肃省清水县、安徽省舒城县、江苏省宜兴县善卷洞、河北省河间县林镇、山东省嘉祥县、江苏省江都县、山东省微山县马坡、重庆市合川区、河南省汝南县。

梁山伯庙：宁波市鄞县高桥镇。

除此之外，还有河南新密的梁祝墓、江苏高淳的梁祝传说。

迄今为止，中国民间文艺家协会已分别授予鄞州为"中国梁祝文化之乡"、上虞为"中国英台之乡"、宜兴为"中国梁山伯祝英台之乡"、汝南为"中国梁祝之乡"。

在当代，经过各地政府的大力推动和有识之士的努力发掘，梁祝文化出现了前所未有的繁荣局面，可谓蔚为大观。相关资讯概述如下：

中国梁祝文化之乡：鄞州

我国历史文化名城浙江省宁波市是具有七千多年文明史的"河姆渡文化"的发祥地，山清水秀，人才辈出。今鄞州区乃古鄞县、鄮县故地。

宁波城西五公里处的鄞州区高桥镇邵家渡现存有梁山伯庙和梁祝合穴冢。据史料记载，梁山伯庙亦称"梁圣君庙"，始建于东晋安帝隆安元年（397年）。梁山伯生前曾为鄮县县令，政绩卓著，被奏封为"义忠王"，立庙祀以纪念。宋代李茂诚曾作《义忠王庙记》，如果李茂诚所记属实的话，那么梁山伯庙是在梁山伯卒后二十四年时所建。近有论者考证认为"梁圣君庙"供奉的是梁武帝萧衍，而非东晋鄮令梁山伯（王宁邦《梁山伯考》，原载《江海学刊》2012年第4期）。南宋宝庆三年（1227年）绘制的《鄞县境图》，图中明确地标示着"义冢梁山伯祝英台"，其位置与今保留的梁祝古墓不偏不倚。明朝万历三十三年（1605年）鄞县知县魏成忠撰写的《梁圣君庙碑记》曰："义忠王庙一名梁圣君庙，县西十六里接待寺西，祀东晋鄞令梁山伯。安帝时，刘裕奏封义忠王，令有司立庙。"此碑至今犹在。宁波地区还广泛流传着各种版本的梁祝故事。历代宁波地方志如《四明图经》《宁波府志》《鄞县志》等皆有梁祝传说的记载。

1997 年，浙江对传说中的宁波鄞城西高桥镇的梁祝合葬墓进行了发掘，专家们普遍认为，墓的位置、规格和随葬器物与志书记载的梁山伯鄞县县令身份和埋葬地相符，是可信的实物资料。参加发掘的钟祖霞在《"梁祝"的原地考析》认为："从随葬器物的简陋程度，可以判断出墓主人是位身出寒门的下等官吏，这与历史文献志书记载的梁山伯县令的身份相吻合，换句话说，这就是真正的梁山伯墓。"细加思量，钟祖霞的这个结论未必可靠，至少是不够慎重的，因为这次发掘出来的只是一座单穴拱券顶砖室墓，而不是文献记载或民间传说中的梁祝合穴冢，所以，首先可以确定这并非梁祝合葬墓，是不是梁山伯墓也缺乏明确的证据。因而言之，从东晋至今已一千六百多年了，时光流转久远，梁山伯墓或梁祝合穴冢若能真正实地发掘、考证遗迹，几乎是不可能的奇迹，毕竟当时的梁山伯只是寒门的下等官吏，棺椁的制作、墓室的修建是无法与皇家陵寝相提并论的，通常的坟墓早已随着风侵雨蚀化为尘埃了。当然，也有特例，如地理环境等因素，使坟墓不易风化。也正因如此，可以确定的是，梁祝合葬墓至今依然是一个待解的谜。

"若要夫妻同到老，梁山伯庙到一到。"这是在宁波地区流传的一句民间俗语，几乎家喻户晓。旧时，每逢"梁山伯庙"春秋两度庙会，善男信女前往烧香还愿的，纷至沓来，络绎不绝，极一时之盛。

　　梁祝研究专家钱南扬的《祝英台故事叙论》（1930年2月·中山大学《民俗周刊》）考证了梁祝故事的流传线路图："看它从浙江向北，而江苏、安徽，而山东，而河北，折而向西，到甘肃。"宁波文联的周静书著有论文《论梁祝故事的发源》，从古籍记载、古迹考证和故事流传等多方面对宁波和各地梁祝遗迹进行了详尽论述。他认为，最早的文字记载证明梁祝发源于宁波，最古的梁祝遗址文物证实梁祝合葬于宁波，最多的梁祝传说产生于宁波。宁波的梁祝传说，充分体现了故事的整体性、丰富性和多样性，具有鲜明的"发源地"标志。

　　宁波的"梁祝文化"演绎得有声有色。从1995年起，在国家旅游局及地方政府的重视和支持下，以梁山伯庙和梁祝墓为基础，兴建了一座占地三百余亩的梁祝文化主题公园。公园形成以梁山伯庙为主体、以梁祝故事为主线的风景旅游区，有梁山伯庙、万松书院、蝶恋园、梁山伯古冢、百龄路、夫妻桥、凤凰山和占地三十亩的大型化蝶音乐广场等建筑群及园林艺术。整个公园采用江南古建筑风格，依山傍水，形成园中有园、移步换景、动静结合的景点，让游客感受到特有的氛围，令游人倾倒在爱情的殿堂里，时时会让人触景生情。进入公园大门，展示在游人眼前的是一幅"飞蝶化彩虹"的大型彩画，画高五米、宽十三点四米，以清新、自然、明朗的艺术风格生动地展现了梁山伯和祝英台忠贞不渝的爱情故事。沿着十八相送的大道上缓缓走来，不远处就可见蜿蜒而又别致的红墙粉瓦，这便是当年梁山伯与祝英台三载同窗共读的梁祝书院，又名万松书院。离开万松书院经过了凤凰山，便来到梁山伯庙，这是国内唯一的纪念梁祝爱情的庙宇。庙内供奉着梁山伯和祝英台的塑像，庙后是梁山伯与祝英台的合葬墓冢，也是唯一的一墓双碑冢："敕封梁圣君山伯之墓""晋封英台义妇冢"，名曰"蝴蝶碑"。墓道前的牌坊上刻的柱联是：

同学兼同穴，千秋义气谁堪侣；
殉身不殉情，一片烈心独自追。

1999 年，由鄞州发起、历时五年编纂完成了周静书主编的《梁祝文化大观》，累计二百余万字，由中华书局出版，标志着梁祝文化第一次有了比较系统、全面的文字资料，同时该书也成为目前我国规模最大、资料最完备的梁祝文化集大成之作。

2002 年，中国梁祝文化研究会正式落户鄞州，同年五月，该研究会在宁波召开了首届梁祝文化国际学术研讨会。自1999年至今，宁波已举办四届中国梁祝爱情节，还与罗密欧朱丽叶的故事诞生地——意大利维罗纳市结为友好交流城市，东西方两大爱情圣地首次"联姻"。2007年10月，意大利维罗纳市政厅赠送的爱神朱丽叶铜像落户梁祝文化公园。2008年8月，宁波回赠维罗纳市的汉白玉石雕《梁祝化蝶》漂洋过海，飞舞到了意大利，安家在维罗纳市朱丽叶广场。

宁波鄞州，是爱情的蝴蝶飞起来的地方。

中国英台之乡：上虞

"上虞县，祝家庄，玉水河边，有一个祝英台，才貌双全……"1953年，新中国电影史上第一部彩色戏曲片《梁山伯与祝英台》成功问世公映。影片开宗明义地点出了祝英台的上虞籍贯。这部根据同名越剧改编的影片，由以柔婉细腻著称的袁雪芬饰祝英台，以醇厚质朴见长的范瑞娟饰梁山伯。这两位著名的越剧艺术家以声情并茂的演唱、精湛独到的演技，强化了影片的艺术魅力。1954年4月，周恩来总理在瑞士日内瓦陪同卓别林观看此片时，这位举世闻名的喜剧大师被感动得潜然泪下。《梁山伯与祝英台》于1954年在第八届捷克卡罗维法利国际电影节上获得音乐片奖，1955

年在英国举办的第九届爱丁堡国际电影节上获奖，1957年获文化部优秀舞台艺术片一等奖。影片在海内外具有深远广泛的影响，上虞祝家庄更加声名远播。

在各种版本的古籍中，祝英台为上虞人氏的记载，确实占到了百分之八十以上。明万历三十四年（1606年）《新修上虞县志》、清光绪十七年（1891年）《上虞县志》等上虞的地方志都记载了梁祝的故事。大型工具书《辞源》（1915年商务印书馆）、《中国人名大辞典》（1921年商务印书馆）、《汉语大词典》（1986—1993年汉语大词典出版社）所收之"祝英台"词条，皆载明祝英台为上虞人氏。新中国成立之初，为了拍摄彩色影片《梁山伯与祝英台》，当时的华东军政委员会文化部专门派员数度至上虞考察祝家庄遗址，最后认定祝英台乃上虞人。著名言情小说家张恨水、女作家赵清阁以及当代上虞作家顾志坤均创作过同名小说《梁山伯与祝英台》，无一例外地认定祝英台非上虞籍莫属。

关于祝英台，南京大学文学博士王宁邦认为"祝英台"最初不是人名，而是地名（《祝英台考》，原载《江海学刊》2008年第3期），这个说法很新鲜，故存录备查。

祝家庄风景秀丽，历史悠久。据考古发现，最迟在两千年前的春秋战国时期，已开始有人类在这一带活动。先民长期的劳动生息，给后人留下了许许多多珍贵的文物古迹。据考证，祝氏一族原籍山西太原，汉代南迁到此定居，祝氏世祖原在虞城以教书为业，生三子，移居上虞各地，祝家庄一支是其子祝贵宗公之后。祝家庄依山傍水，东起运河村口，西至青龙山，南接玉水河，北靠凤亭山。现尚存有祝氏祖堂、井孔洞、祝家祠堂遗碑、药师寺等文化古迹。

上虞地处古越之地，人文底蕴深厚。"美哉名区，秀美孕育，达人志士，史不绝书。"清末维新派、著名学者徐致靖对上虞如是赞美道。在这片钟灵毓秀的土地上，远古圣帝虞舜、博学奇儒王充、竹林贤士嵇康、一代名相谢安、山水诗人谢运灵……一颗颗灿烂之星，辉映于华夏神州的历史天空。同时，上虞历来具有重读书讲气节之人文渊源、好勇轻死之刚烈性格。《汉书·地理志》载曰："吴越之民皆尚勇，故其民好用剑，轻死易发。"故而，竹林七贤的领袖人物嵇康（三国时魏末著名的文学家、思想家、音乐家，魏晋玄学的代表人物之一）桀骜不驯，视死如归。因受小人钟会构陷挑拨，司马昭判处嵇康死刑。临刑前，嵇康在刑场上抚琴一曲《广陵散》，一曲终了，叹息道："昔袁孝尼尝从吾学《广陵散》，吾每靳固之，《广陵散》于今绝矣！"而后，从容就戮，时年四十。又，东汉有孝女曹娥，史载：其父"为水所淹，不得其尸。娥年十四，投瓜于江，存其父尸。曰：父在此，瓜当沉。沿江号哭，昼夜不绝声，旬有七日。遂自投于江而死，三日后抱父尸出。"曹娥投江救父，何等忠孝节烈！

在这样一方人杰地灵的地方，祝英台之投坟化蝶、以身殉情，不是偶然的，而是与上虞素来的人文精神一脉相承。

祝家庄的玉水河，古称"千金河"，当时河水深处蓝中带黑，浅处清澈如水晶。传说祝英台儿时经常到河里洗手洗脸，河水就如玉一般碧绿了，所以叫作玉水河。又传说，英台乘舟赴钱塘求学时，不小心将一块传世宝玉掉到了河里，河水就像玉一样的细滑了。

东晋才女祝英台就是两次从这玉水河乘舟远行，第一次是邂逅爱情，第二次是以身殉情。惊天地泣鬼神的梁祝爱情从玉水河启航，一双彩蝶飞进了中华民族的文化历史时空。

同窗三载千古绝恋：万松书院

杭州西湖之畔凤凰山上万松岭，以古松连片而名。唐代著名诗人白居易曾作诗曰："万株松树青山上，十里沙堤明月中。"

万松书院始建于唐贞元年间（785—804），名报恩寺。明弘治十一年（1498年），浙江右参政周木改辟为万松书院，后又名太和书院。清康熙帝为书院题写"浙水敷文"匾额，遂改称为"敷文书院"。乾隆帝南巡时，赐额"湖山萃秀"。万松书院是明清时杭州规模最大、历时最久、影响最广的文人会集之地。明代王阳明、清代齐召南等著名学者曾在此讲学，"随园诗人"袁枚也曾在此就读。

现遗址尚存有"万世师表"四字的牌坊一座和依稀可见"至圣先师孔子像"的石碑等。

最早把梁祝传说与万松书院结合在一起的，据说是明末清初著名戏曲家李渔的《同窗记》。李渔，原名仙侣，字谪凡，号天徒。中年改名李渔，字笠鸿，号笠翁。以《凰求凤》《肉蒲团》《闲情偶寄》等著作名世。

李渔在寓居杭州期间创作的《同窗记》，具有鲜明的杭州地域特色。梁祝自会稽、上虞不约而同赴钱塘求学，在草桥邂逅，义结金兰，又在这著名的万松书院同窗共读三长载。祝英台先期归家，梁山伯沿着长长的凤凰山古道送别。在《同窗记》中，李渔把书院、山川、草桥、长亭等钱塘景色编织在故事之中，具有强烈的渲染力。"草桥结拜""同窗共读""十八相送"都是后来戏曲、影视、小说等文艺作品中脍炙人口的经典情节。在《同窗记》中可以看到这样一种文化景象：梁祝故事流传千百年，在艺术家笔下却常写常新，呈现出繁复的、新鲜的无限生机。同时，万松书院作为当时著名的学府，在文人心目中具有的影响之深、地位之高，是显而易见的。（补记：明代传奇《同窗记》，又称《双蝴蝶》，作者不详。现存《同窗记》的散出《河梁分袂》《英伯相别》《千里期约》。）

清康熙《杭州府志》载："万松书院在仁和凤山门外西岭，明弘治十一年浙江右布政周木建。"清乾隆年间藏书家、学者翟灏在

《湖山便览》中写道："敷文书院，在万松岭，明弘治十一年浙右参政周木以废报恩寺改，奉先圣像，名万松书院。"由此可见，"万松书院"这个名称最早是在明代弘治十一年（1498 年）出现的，之所以让梁祝在万松书院同窗共读，乃是后世文人的假托演绎。

现在的万松书院是杭州市政府在几近荒圮的万松书院遗址，按照修旧如旧的原则于 2002 年 10 月重建而成。书院的主体建筑以清乾隆《南巡胜迹图》中的《敷文书院》为蓝本，以自然山体、林木、古藤、奇石为背景，采用中轴对称、纵深多进的院落形式，仿明式建筑形制，用粉墙、粟柱、黛瓦的素朴淡雅，凸现"求之于心而无假以雕饰"的风格，使书院处处散发浓浓的书卷气息。同时引入了梁祝文化的景点，如"毓秀阁"的梁祝共读塑像，"十八相送"中的双照井、观音堂、草桥亭、独木桥等。

万松书院既具"明清知名学府"之风采，又有"梁祝爱情圣地"之情韵，曾举办过《儒道相济——构筑人格两岸》（大陆学者于丹）、《一个女作家眼里的城市生活品质》（台湾作家曹又方）等主题讲座，又开办了颇具影响的"万松书院相亲会"。

中国梁山伯祝英台之乡：宜兴

宋代咸淳年间（1265—1274）的《毗陵志》引述了始记于南齐

建元二年（480年）的《善卷寺记》中关于祝英台的记载："善卷禅寺：宋名广教禅院，在县西南五十里永丰乡善卷洞侧。齐建元二年以祝英台故宅创建。""祝陵在善权山，岩前有巨石刻，云祝英台读书处，号'碧鲜庵'。昔有诗云：'蝴蝶满园飞不见，碧鲜空有读书坛'。俗传英台本女子，幼与梁山伯共学，后化为蝶。其说类诞。然考《寺记》，谓齐武帝赎英台旧产建，意必有人第，恐非女子耳。"

按此记载，江苏宜兴的善卷寺是齐武帝赎买了英台的故居建成的，同时又记载了祝英台与梁山伯幼时在碧鲜庵共学。然而宋《咸淳毗陵志》在引述《善卷寺记》中的记载时，亦有存疑。如对"化蝶"之说，觉得荒诞。又如对《寺记》中的英台性别产生了怀疑，"恐非女子"。

清代贡生、浙江文士吴骞在《桃溪客语》中亦有相同疑问："骞尝疑祝英台当亦尔时一重臣，死即葬宅旁，而墓或逾制，故称曰'陵'。碧鲜庵，乃其平日读书之地，世以其诡装化蝶者。名字偶符，遂相牵合。所谓俗语不实，流为丹青者与？"

从文献记载来看，宜兴的《善卷寺记》应是最早出现了"祝英台"这个名字，当然是人名而不是地名。

江苏省无锡市所辖的宜兴是江南旅游胜地，以善卷洞和张公洞闻名天下。山水景色秀丽，人文底蕴深厚。在史志记载与史籍记录中，祝英台是作为一个宜兴的历史人物记录下来的。梁祝故事在宜兴已流传一千六百多年，自唐以降，历代题咏、描写宜兴梁祝的诗、词、赋、游记、小说等有一百余首（篇）。当代宜兴梁祝文化的主要研究者有路晓农、缪亚奇、韩其楼、蒋尧民、杨东亮等，编著了许多有关梁祝的专著与论文。

梁祝故事"宜兴说"中，影响最为广泛的应是明代著名作家冯梦龙的《李秀卿义结黄贞女》："有个女子，叫作祝英台，常州义兴（现宜兴）人氏，自小通书好学，闻余杭文风最盛，欲往游学。"同时，冯梦龙在这小说中把梁山伯写成是苏州人氏。具有较高学术价值的宋代地理志书《太平寰宇记》亦记载："善卷寺在宜兴县国山南，即祝英台故宅也。"

因此，在"宜兴说"中，祝英台的宜兴籍是毋庸置疑的。

而清代邵金彪的《祝英台小传》（《宜兴荆溪县新志》），则记载了祝英台为上虞富家女、梁山伯为会稽人，结伴游学于宜兴善权寺之碧鲜岩，筑庵读书，同居同宿。

"英台修读地，旧刻字犹存。"（宋代顾逢的《题善卷寺》）在宜兴善卷一带，有不少古迹、地名形成了梁祝文化的天然景观，是令人心驰神往的爱情圣地。如祝英台旧宅遗址：善卷寺古址、碧鲜庵：祝英台读书处遗址、祝陵村：因祝英台墓葬而得名。英台阁、英台草桥、晋祝英台琴剑之冢均在善卷后洞。沿善卷洞山道而行，有黄泥墩、凤凰山、观音堂、土地庙、荷花池、双井、草桥、恶狗村、茶亭、十里亭、七里亭等，传说是当年祝英台与梁山伯"十八相送"的地方。善卷山中有绿色特大蝴蝶，名谓"祝英台"。今人还考证出，宜兴有梁家庄，即当年梁山伯住地，现为善卷下东村（已并入兴东村）。马家庄，即马文才居家所在，现为鲸塘青白亩村，离祝陵约八里地。还有梁山伯葬地胡桥。

在宜兴，由梁祝故事衍生出来的"观蝶节"，是梁祝文化史上保留最长、最完整的民间传统节日。相传，农历三月廿八是祝英台忌日，其时正值阳春三月，善卷洞一带成千上万只彩蝶成双成对飞舞在花丛、草间。乡民认为这是梁祝精魂的化身，故而焚香祭祀。自唐以来，形成了观蝶节，又称蝴蝶节、双蝶节。

明代宜兴县令谷兰宗以《祝英台近》词牌写了一首《祝英台读书处》，兹录如下：

> 草垂裳，花带屩，春笋细如箸。窈窕岩妃，苔印读书处。几行泪洒云烟，光流霞绮，更谁伴儒妆容与？
>
> 无尘虑，恰有同学仙郎，窗前寄冰语。芝础兰阶，便作洞庭觑。只今音杳青鸾，穴空丹凤，但蝴蝶满园飞去。

孔孟故里梁祝传：济宁

2003 年 10 月，一块立于明正德年间的梁祝墓碑在孔孟故里山东济宁市微山县马坡乡（原属邹县）出土。这块墓碑长一点八米、宽零点八米、厚二十四厘米。出土的墓碑碑额刻有"梁山伯祝英台墓记"八个篆字，碑头雕龙凿凤，周边合云雕镶，楷书石刻。根据碑文记载，明朝正德十一年（1516 年），作为朝廷钦差大臣的南京工部右侍郎、前督察院右副都御使崔文奎视察河道时，途经微山马坡，发现已破败不堪的梁祝墓，决计重修。碑文还记载了祝英台女扮男装，与梁山伯同在邹县（现山东省邹城市）峄山读书学习三载，后二人因思恋而死，合葬在泗河西马坡的史情。此碑文在梁祝文化的研究中，颇具宝贵之意义。全文照录如下：

梁山伯祝英台墓记

丁酉贡士前知都昌县事　古郱　赵廷麟

撰文林郎知邹县事　古卫杨　环书

亚圣五十七代世袭翰林院五经博士　孟元额

《外纪》二氏出处费详。迩来访诸故老，传闻：在昔济宁九曲村,祝君者,其家巨富,乡人呼为员外。见世之有子读书者,往往至贵,显耀门闾,独予无子,不贵其贵,而贵里胥之繁科,其如富何?膝下一女,名英台者,聪慧殊常。闻父咨叹不已,卒然变笄易服,冒为子弟,出试家人不认识;出试乡邻不认识。上白于亲:"毕竟读书可振门风,以谢亲忧。"时值暮春,景物鲜明,从者负笈,过吴桥数十里,柳荫暂驻,不约而会邹邑西居梁太公之子,名山伯,动问契合,同诣峄山先生授业。昼则同窗,夜则同寝,三年衣不解,可谓笃信好学者。一日,英台思旷定省,言告归宁。倏经半载,山伯亦如英台之请,往拜其门。英台肃整女仪出见,有类木兰将军者。山伯别来不一载,疾终于家,葬于吴桥迤东。西庄富室马郎亲迎至期。英台苦思:山伯君子,吾尝心许为婚,并无父母之命,媒妁之言,以成室家之好。更适他姓,是异初心也。与其忘初而爱生,孰若舍生而取义,悲伤而死。少间,愁烟满室,飞鸟哀鸣,闻者惊骇。马郎旋车空归。乡党士夫,谓其令节,从葬山伯之墓,以遂生前之愿,天理人情之正也。越兹岁久,松楸华表,为之寂然。俾一时之节义,为万世之湮没,仁人君子所不堪。刻惟我朝祖宗以来,端本源以正人心,崇节义以励天下。又得家相以之佐理,斯世斯民何其幸欤?

时南京工部右侍郎前督察院右副都御史奉敕总督粮储新泰崔公讳文奎道经，顾兹废基，其心拳拳，施于不报之地。乃托阴阳训术鲍恭干，昔有功于张秋，升以爵禄，近有功于阙里，书以奏名，授今兹托，岂无用其心哉！载度载谋，四界竖以石，周围缭以垣，阜其冢，妥神有祠，出入有扉，守祠有役。昔之不治者，今皆治之；昔之无有者，今皆有之。始于十年乙亥冬，终于今岁丙子春。

恭干将复公命，请廷麟具其事之本末，岁月先后，文诸石。不得已而言曰：土帝降衷，不啬于人，惟人昏淫，丧厥贞耳。独英台得天地之正气，萃扶舆之清淑，真情隐于方寸，群居不移所守，生则明乎道义，没则吁天而逝。其心皎若日星，其节凛若秋霜，推之可以为忠，可以为孝，可以表俗，有关世教之大不可泯也。噫！垂节义于千载之上，挽节义于千载之下。伊谁力欤？忠臣力也，忠臣谁欤？崔公谓也。不然，太史尝以忠臣烈女同传。并皆记之。

大明正德十一年丙子秋八月吉日　立

巷里社林户符　孜

石匠梁　圭

"文化发祥之地，孔孟桑梓之邦。"济宁梁祝墓碑一经出土，立即引起了广泛关注。梁祝故事济宁传说圈浮出水面，清晰地展现出来。济宁的梁祝故事是发生在尊儒重孝社会风气浓厚的汉代，祝英台敢于冲破传统思想的禁锢，追求女性的解放、男女平等、男女共同学习，并且敢于表达自己的爱情。梁山伯疾终于家，祝英台悲伤而死，使迎亲的马家旋车空归。按正统的儒家思想来看，祝英台之行为无疑是叛逆、异端的，然而"乡党士夫，谓其令节，从葬山伯之墓，以遂生前之愿，天理人情之正也。"体现了孔孟之乡人性关怀的温情。

2005年8月，济宁樊存常主编的《梁祝传说源孔孟故里》由国家文物出版社出版发行。作者通过论证篇、传说篇、戏曲篇、故事篇和综合篇五个部分，全面阐述了梁祝传说源于孔孟故里山东济宁，并沿古老的泗河、运河等水系传播到全国各地，认为济宁是梁祝文化的传播中心。

济宁的梁祝传说圈，应包括了山东邹县峄山（梁祝读书洞、梁祝泉）、嘉祥县（清代焦循《剧说》记载："嘉祥县有祝英台墓碣文，为明人刻石。"）、微山县马坡（梁祝墓、梁祝祠）。而曲阜孔庙的"梁祝读书处"似是附会之说。

济宁的梁祝故事，流传久远。如地方志《邹县志》《峄山志》等，都有关于梁祝传说的记载。济宁邹县（今邹城）峄山上现存有梁祝读书处、梁祝读书洞、梁祝泉等多处遗址；在微山县马坡（原属济宁邹县），梁祝故居村庄依在，家族后裔尚存。梁祝故事对马坡周围的婚姻风俗都产生了影响，历史上当地梁、祝、马三家曾有不通婚的风俗。

中国梁祝之乡：汝南

汝南古称"豫州之腹地，天下之最中"。相传西晋时，在汝南境内的朱董庄，朱（与祝谐音）员外之女英台女扮男装去红罗山书院求学，途经曹桥，与从梁岗去红罗山书院求学的梁山伯相遇。两人一见如故，义结金兰，同往求学。二人同窗三载，同植树、同挑水、同学习、同吃住，情同手足。英台逐渐对梁山伯产生爱慕之情，而梁山伯却不知英台是女儿身。三年后，在梁山伯送英台下山时，在十八里乡路上，英台对山伯暗示提醒，吐露爱慕之情，山伯浑然不觉。英台无奈，只好以为其妹九红提亲之名，约山伯到祝家楼台相会。后经师娘挑明，山伯前往求婚，却被告知英台已被强许马家。山伯归家后一病不起，临终前嘱咐家人，将其葬在马乡的古京汉官道旁，希望能看到英台出嫁时的情形。英台被逼出嫁的那天，花轿行至官道旁梁山伯墓前，英台下轿哭祭山伯，撞柳殉情。因梁祝没有结婚，马家又没有将其娶到家中，不愿意收葬，当地人就把英台葬于东侧，与西侧梁墓隔路相对。故有"梁山伯，祝英台，埋在马乡路两沿"之民间俗语。

梁祝在汝南的传说中，既没有合葬也没有化蝶，朴素平实。"汝南说"认为梁祝没有合葬，这是符合当时的社会现实的，不是明媒正娶就不是正式的婚姻，所以梁祝根本不可能合葬。民间还有一种说法是"梁祝同穴难改变，假墓留给世人看"，意思是祝英台与梁山伯合葬一墓，另建英台衣冠冢为墓以避讳，既符合当时的伦理礼仪，又让梁祝这一对有情人死后同穴。

汝南民间又传说，梁祝墓中分别飞出黄、白两只蝴蝶，黄蝴蝶是梁山伯变的，白蝴蝶是祝英台变的，马文才死后变成了花蝴蝶。黄白两只蝴蝶总是形影不离，花蝴蝶总是追逐在后。

汝南的梁祝传说，涉及了汝南境内的马乡、王庄、和孝、三桥等乡镇，方圆数十里。据专家考证，从现存的红罗山书院遗址到梁山伯家（梁岗）、到英台家（朱董庄）均为十八里，所以才有"十八里相送"之说。曹桥（草桥）位于梁岗和朱董庄的中间位置，是通往红罗山书院的必经之地，当年梁祝就是在曹桥相遇，结伴向南走，来到红罗山书院同窗共读。

红罗山书院坐落在红罗山上。所谓红罗山，是约高七米的堆土形成，面积数百平方米，周围取土后形成了环绕四周的水池。红罗山书院遗址，又称报恩寺和台子寺，其历史据说可追溯至商周时期。

书院前有一口井，井旁竖有一块碑，上写"梁祝井"。历史遗迹还有"鸳鸯池""一步三孔桥"以及传说是梁祝读书时手植的"银杏树"。

因为西晋战乱，使得当时全国人口密集度最大的汝南郡成为兵家必争之地，导致"中原南迁"，建立东晋政权。汝南郡民迁往江浙一带，在《晋书》中有记载。据说梁祝故事中的梁、祝、马三姓，祖籍均在中原，魏晋以后迁徙南方。由于中原人的大量南迁，梁祝故事的传说始被传播远扬。

千古绝唱出中原，梁祝故里在汝南。"日头出来紫巍巍，一双蝴蝶下山来，前面走的梁山伯，后面跟的祝英台。"这是流传在汝南的歌谣。汝南马乡至今还保留着向梁祝双墓送白灯笼的习俗。祝、马两姓不通婚在当地延续到新中国成立前夕。梁岗和马庄两村一直不演梁祝戏。

自明万历年间以来，汝南曾产生过罗卷戏《梁山伯》《梁山伯与祝九红》，河南曲子、豫剧花鼓、二夹弦《红罗山》《东楼会》等剧目，当代戏剧有《梁祝情》。

然而，汝南版的梁祝故事在各种版本中很难寻觅其踪影，这使我十分疑惑。"汝南说"给出的论据是，在传统文化语境下，当时梁祝爱情，特别是祝英台的叛逆殉情，在官吏眼中是大逆不道的行为，故未记载于史志等。祖籍河南的著名学者、曾任山东大学副校长的冯沅君教授曾在三十年代就"梁祝河南说"进行了论证，认为梁祝文化风物圈是以汝南为中心渐次推开的，随时代变迁演绎沿袭下来。

当代有关专家经过考证认为，汝南具有梁祝爱情故事发生的原生性、遗址保存的完好性、群众基础的广泛性、民风民俗的延续性等特征，汝南是梁祝故事的原生地。

2005年12月，中国民协授予驻马店市汝南县"中国梁祝之乡"称号。2007年7月，拥有梁祝双墓遗址的汝南马乡镇更名为梁祝镇。

汝南一带民间传唱的"十八里相送民歌"，冯沅君教授曾搜集整理过，甚是生动形象，富有地方特色：

（一）日头出来紫巍巍，一双蝴蝶下山来，前面走的梁山伯，后面走的祝英台。

（二）走一山，又一山，山山里头好竹竿，大的砍下做椽子，小的砍下钓鱼竿，钓得大的卖钱使，钓得小的自己吃。

（三）走一洼，又一洼，洼洼里头好庄稼，高的是秫秫，低的是棉花，不低不高是芝麻，芝麻地里带打瓜，有心摘个尝尝吧，又怕摸着连根拔。

（四）走一庄，又一庄，庄庄黄狗叫汪汪，前面男子大汉你不咬，专咬后面女娥黄。

（五）走一河，又一河，河河里头好白鹅，前面公鹅咯咯叫，后面母鹅紧跟着。

（六）走一井，又一井，沙木钩担柏木桶，千提万提提不醒。

梁祝故事除了以上四省六地外，我们再来回顾一下我国其他地区的梁祝记载、梁祝遗迹与梁祝传说。

山东曲阜

曲阜因为诞生了我国古代最伟大的教育家、思想家和儒家学派创始人孔子而名扬海内外。在世界文化思想史上，孔子的重要地位是不言而喻的。据媒体报道称，七十五位诺贝尔奖获得者曾于1988年在巴黎发表联合宣言，向全世界呼吁："二十一世纪人类要生存，就必须汲取两千年前孔子的智慧。"

查阅有关梁祝故事的记载，清代有《劳久杂记》记云"梁祝为孔子弟子，曲阜孔庙，有梁祝读书处。"梁祝成了春秋时代的孔子弟子，遥不可及，故相关梁祝传说均未予采信。

明末清初散文家张岱在游记中写到了孔庙梁山伯祝英台读书处："己巳，至曲阜谒孔庙，买门者门以入。宫墙上有楼耸出，匾曰：

'梁山伯祝英台读书处'，骇异之。"（《陶庵梦忆》卷二《孔庙桧》）张岱以"骇异"两字发出了自己的疑问，应该引起我们的注意。山阴（今浙江绍兴）名士张岱作为明清鼎革时期著名的文学家，对梁祝故事不会是陌生的，游谒孔庙忽见"梁山伯祝英台读书处"匾，当是骇异的。其"骇异"之意，我想是张岱表示对梁祝在孔庙读书之说颇有怀疑。同时，对圣贤之地居然引入梁祝传说以招揽游客的做法，表达了质疑。

因此，孔子庙祀的梁祝读书处，当是后世好事者之为。

川剧《柳荫记》说到梁祝在杭州尼山求学，其中尼山应是曲阜东南三十公里处的尼山，此山原名尼丘山，因避"孔丘"讳而改名为尼山，建有孔庙。但是真正的尼山书院，是在元朝至元二年（1336年）中书左丞王懋德奏请创建的。《尼山创建书院碑》载，修建此书院时，"凡齐鲁之境贤卿大夫，民之好事者，出钱而助成之。释木于山，陶甓于野，庸僦致远，牵牛车，服力役，连畛载途，饮饷相望。"

重庆合川

合川曾称合州，是重庆北部地区的中心城市。合川境内有"钓鱼城""二佛寺""水波洞""双龙湖"等名胜古迹。

《古今图书集成》第六百一十一卷《重庆府古迹》记载：合州……祝英台寺在治东二十里，寺前里许，有祝英台故里坊，又数里有坟墓。又二十里白沙寺路瀑里滩岸上，有祝英台"大欢喜"石碑，行数步又有"错欢喜"石碑，皆祝英台手书。

令我颇感兴趣的是，合川之南的铜梁县，据传有个梁祝村，村里有座祝英庙，庙里供奉梁祝像。清乾隆年间所修《铜梁县志》，关于梁祝的记载有两条，其一是："大欢喜碑，县南浦吕滩河岸祝英台书。"其二是："祝英寺，位于祝英台山，宋宣和时建，明万历、清嘉庆年间修葺。"

有记者在铜梁的梁祝村作过采访，年老的村民说起在四十年前见过"大欢喜碑"，后来不知散失何处。对此，我满心期盼这"大欢喜碑"在梁祝村早日重见天日。按方志记载，那是祝英台的亲笔手书。果真如此，这与济宁的梁祝墓碑一样，当是梁祝文化中的又一盛大喜事。因为迄今为止，尚未见到梁祝诗文传世，更别说祝英台手书了。

四川有川剧《柳荫记》表现梁祝爱情故事，影响极大。

甘肃清水

甘肃清水有"轩辕故里"之称。康熙年间的甘肃《清水县志》

"第十一卷·人物纪·贞烈·梁"记曰：

> 祝氏，讳英台，五代梁时人也。少有大志，学儒业，为男子饰，与里人梁山伯游。同窗三年，伯不知其为女郎。祝心许伯，伯亦无他娶。及学成归家，父母已纳马氏聘矣。祝志唯在伯，伯闻而访之，不得而悲，卒窆邦山之麓。祝当子归，道经墓侧，乃以拜辞为名，默祷以诚，墓门忽开，祝即投入，墓复合。诚千古奇事，邑人传颂不置，过者时有题咏云。

《清水县志》所载之梁山伯卒葬的"邦山"，经查考方知，"邦山"在甘肃天水县西北。《九域志》成纪县有邦山，《甘肃通志》今谓之卦山，即伏羲画卦处，今名画卦台。清顺治十年（1653年）重修伏羲庙的《碑记》曰："卦台遇冬雪奇偶，宛钉八卦。"卦台山山峦屏翠，渭水环流，白阶金殿，蔚然钟秀，气象不凡，传说中是伏羲创画八卦、演绎卦义之地。

在中国神话传说中，伏羲、女娲是中华人文始祖。《山海经》中亦有"邦山"之记载："又西二百六十里，曰邦山。其上有兽焉，其状如牛，猬毛，名曰穷奇，音如獋狗，是食人。"所说"穷奇"是中国神话中的四大魔兽之一。《山海经》又记曰："邦山，蒙水出焉，而南流于洋，渭水也。"可见邦山之名久矣。其悠久的人文历史与优美的山水景色令人神往。

然而，邦山之梁祝墓，似仅是传说，无古墓遗迹。

安徽舒城

舒城县在西周时期属舒国，分立舒鲍、舒龙等国，史称群舒国，位于安徽省中部、大别山东麓、巢湖之滨、江淮之间。舒城山川秀丽，旅游资源丰富，有"皖中花园"之美誉。

清代吴骞《桃溪客语》记载："舒城东门外亦有祝英台墓。"在舒城民间代代相传的传说中，梁山伯当年居住的梁家庄就在今天舒城县南港镇向山村梁桥村（梁庵桥），位于大别山余脉鹿起山脚下，距离梁祝墓二百多米。而梁祝墓则位于206国道的右侧田野，是一个高大的土墩台子，该墓为西南向，周长约八十米，高约五米。

据传从前梁祝墓侧建有一座梁庵庙。不远处有条弯曲的小河，河上原本有座草桥，名为梁山伯桥，又称"梁桥""梁庵桥"。桥头有亭，名"草桥亭"。后因修建国道而毁。梁家庄西北十公里外有座花梨山，山上原有梨山书院（又称"春秋学堂"），传说是当年梁祝读书的地方。相距梁祝墓不远处，梁家庄、马家庄和祝家庄三庄地理互成三角形。梁、祝、马三姓历史上有互不通婚的习俗。

舒城南港的祝家庄曾经有座名为"屏门阁舍"的老宅，房屋都是雕梁画栋，十分华丽，后毁于侵华日军炮火，现仅存遗址。舒城民间流传有梁祝故事"金童玉女七世不成婚"、戏曲（庐剧）"上梨山""英台担水""相送""山伯归天""祭坟化蝶"等，影响较为广泛。

舒城那个田野里的古墓遗址，是不是传说中的梁祝墓？是不是埋葬着已传说了一千六百多年的爱情故事？这是我最关切的美丽的谜底，何时才能真正揭开？

舒城流传着这样一首关于梁祝的诗词：

彩蝶翩翩花感慨，月色黄昏、一片朦胧态。万卉芳菲呼醉客，真情切勿商量买。

最是人间男女债，跪赏梁祝、千古深深爱。毓秀龙舒山水好，传奇代代溢清霭。

河北河间

河间古郡之名始于战国，因地处九河流域而得其名，古称瀛洲。古有"京南第一府"之称。元代刘一清《钱塘遗事》云："河间府林镇有梁山伯、祝英台墓"；清乾隆时学者焦循在《剧说》卷二中引刘一清《钱塘遗事》及自己亲身见闻，考证出全国至少有四座梁祝墓。其一为河北省河间府的林镇梁祝全葬墓；其二为山东省嘉祥县的祝英台墓；其三为浙江省鄞县的梁祝墓，亦称"义妇冢"；其四为江苏省扬州（江都）城北槐子河旁的祝英台墓。

从现有资料来看，河间的梁山伯、祝英台墓，有记载无遗址。

山西蒲州

历史上有"华夏文明看山西，晋国文明首蒲州"之说。有论者经分析研究后认为，梁山伯与祝英台悲欢离合的爱情故事前半部分的少年游学、草桥结拜、同窗共读、十八里相送等情节，是发生在春秋晋时山西蒲坂；而后半部分的归访、求姻等发生在浙江上虞；哭坟、化蝶等情节则发生在浙江宁波的鄞城（今鄞州）。梁祝故事最早传播在黄河中下游，后来流传到长江下游。

令我颇感兴趣的还有一个论点，即说唐以来典籍中所称"晋梁山伯"，此"晋"非指魏晋南北朝时的"晋朝"，而是春秋战国时期的晋国（参见《蒲州爱情圣地萌发的凄美爱情》，作者任振河，《太原理工大学学报·社会科学版》2007年第2期）。此说倒是与《劳久杂记》中"梁祝读书处"之记载遥相呼应。

江苏江都

江都区位于江苏省中部，隶属于扬州市。秦楚之际，西楚霸王项羽欲在广陵临江建都，始称"江都"。

清代著名学者焦循在《剧说》中记云："吾郡（江都）城北槐子河旁有高土"，也"呼为祝英台坟"。焦循这一笔，把自己的家乡与梁祝故事紧密相连起来。至今惜无遗迹可循。

河南新密

2008年4月8日，河南的《郑州晚报》以《考古发现梁祝化蝶遗迹在河南新密》为题，报道了在河南省新密市大隗镇桃园村发现了一处梁祝合葬墓的消息。该梁祝墓在一块麦田中，墓冢高约三米，周长二十多米，墓冢顶部中间凹陷，杂草野树丛生。在梁祝墓北部一百多米处，有马文才墓，俗称马家坟。据称，当地还有梁祝读书的学堂（夷山下的三孔土窑洞）、十八相送的"草桥"、栏桥遗迹。河南省文联的民俗学家、评论家李铁城进行考察后认为，新密梁祝文化有三个独特之处：其一，新密的梁祝墓两边高中间低，正合坟墓裂开英台殉情的情节。其二，梁祝故事中的马文才在新密有墓葬，在全国是唯一的。另外，杨河上有栏桥，即梁祝"栏桥相会"遗址，是新密独有的。

　　查遍各类文献资料，皆无新密梁祝的记载。而解读这则报道，觉得新密"梁祝墓"的消息发布似失慎重，专家结论不够缜密。报道的题目中所称"考古发现"，实际上是新密市民间文艺家协会一次"采风"活动，发现当地有梁祝遗迹及相关传说。而河南有关部门并未对梁祝墓、马文才墓进行过挖掘考古工作，因此李铁城归纳的新密梁祝文化三个独特之处，是缺乏足够依据的。

　　鲜为人知的新密梁祝文化，有待于有价值的考古发现予以确证。

江苏高淳

　　江苏省南京市的《金陵晚报》于 2007 年 11 月 22 日发表了一篇题为《专家考证"梁祝"真人原型是南京高淳人》的文章，文中所称"专家"，即高淳县文化局原局长、南京市民间文艺家协会理事汪士延。汪士延继承了胡适的考证，指出梁祝传说的原型《华山畿》的发源地是在高淳境内的固城花山。证据有三，其一，《华山畿》属于南朝乐府民歌中的"吴声歌曲"，而高淳地处长江以南的吴歌盛行地区。从汉代起，高淳属于南徐州。《华山畿》中所载之青年学子就是南徐人。其二，自古以来，高淳固城人烟稠密。早在汉代，江南就有一条古驿道，自广陵（今扬州）往南，经金陵（今南京）、溧阳（今高淳）到达宛陵（今宣州）。据说，花山脚下这条古驿道遗迹至今还依稀可辨。其三，《华山畿》中的"畿"，应为"京畿"所属之地。而固城曾是楚国早期的都城，现在还保存着楚王庙遗址。其境内的花山，当属京城管辖之地。所以，汪士延认为梁祝故事的原型《华山畿》源出高淳花山。

花山位于固城湖东南岸，为天目山余脉，风景秀丽。高淳民间有个神奇传说：古时有一鲁姓青年上山砍柴时，不小心被毒蛇咬伤，昏迷不醒。恰逢八仙之首铁拐李路过，取出葫芦中仙丹喂其服下，但不见效。这时，树上一只蜘蛛顺网而下，吸去鲁姓青年蛇伤毒汁。青年得救，蜘蛛无恙。铁拐李既惊奇又惭愧，就把葫芦砸了，说道："白费炼丹千晶，石上开花一时。"这砸碎的葫芦中还有一粒仙丹，当时滚落石缝中，天长日久，长出一棵白牡丹来。这石中牡丹，皎白如雪，绿叶相衬，奇丽高雅，香飘四溢。花山之名由此而来。

高淳是一座历史文化名城。距今六千三百年前的薛城遗址，是南京地区最早的新石器时代遗址。而鲁昭公元年（前541年），吴王余祭筑"固城"于濑水之滨，建濑渚邑，这比楚威王筑石头城置金陵邑（前333年）还要早208年。当时固城地处"吴头楚尾"，为吴楚相争之地。因而，固城是春秋战国时期先后属于吴国、楚国、越国的军事要邑。高淳有游子山，相传当年孔子周游列国时曾登临此山，山名由此而得。唐代诗人李白曾寓居安徽当涂三年，经常泛舟于当今高淳、溧阳、宣州一带，作有《游高淳丹阳湖诗》。高淳方言具有盛唐遗韵，为国内唯一现存的古吴语方言。

2008年10月12日，《金陵晚报》又发出一则有关梁祝的报道：《梁祝传说发源于高淳桠溪》，该报记者采访了高淳县桠溪镇文化站站长吕克斌，时年六十岁的吕克斌宣称：梁祝传说的原型就在高淳县桠溪镇。一直从事桠溪及高淳文化研究的吕克斌之所以认为梁祝传说发源于高淳桠溪，源于他在儿时听母亲讲过的一则故事，据说这个故事在高淳民间流传很广。

高淳的"梁祝故事"引述如下：

祝英台原名李春花，出生在固城华山脚下，女扮男装到宜兴求学，取男子名祝英台。而梁山伯原名徐临义，住桠溪顾陇的华山，因认为出自山梁之地，自称梁山伯。

梁山伯去宜兴求学途中，在亭子岗（今桠溪韩桥村），巧遇祝英台。知道两人都来自华山，感觉有缘，随即到桂阳寺（今桠溪韩桥村）内焚香结拜为兄弟。然后结伴到宜兴求学。

再说英台家中有一嫂嫂，见英台出门求学已三年，便在公公面前搬弄是非："公公，如不赶紧替英台选一户人家嫁出去，不然英台挺个大肚子回来就要败坏门风了。"

嫂嫂又叫老父佯装重病危急，写信要英台立即回来。英台舍不得朝夕相处的梁山伯，就拜托师母为媒，许下终身。英台回到家中，获悉真相后，死活不依。

英台走后，山伯从师母处获悉一切，立即弃学直奔固城华山提亲。嫂嫂说："英台已许给了我娘家侄子，不几日就要成亲了！"

山伯回家，相思成疾。后来，山伯病故，梁母遵照山伯遗愿，用两条大牯牛拉着柩车，向固城华山方向走去，途中与祝英台花轿相撞。英台得知山伯过世，一头扑向灵柩，放声大哭："我一个人活在世上有什么意思呢？如果你有灵的话，就把棺材打开吧，让我和你生不能同房死同葬。"

只见霎时间天昏地暗，雷声隆隆，棺材板突然掀开了，英台随即跳到棺材里，棺材又合了起来，两条大牯牛拉着灵车就走。事已至此，梁祝两家只得商定把梁祝二人合葬在桠溪山脚下，人们把这个特大的墓称之为"坟山"流传至今。

这个故事，实际上是把《华山畿》故事与梁祝传说糅合在一起形成的。吕克斌也恰是以《华山畿》为他的说法做佐证。他认为，

《华山畿》中的华山，应是高淳境内的花山或画山——在南朝时都称"华山"。传说中，祝英台善于绣花，而梁山伯擅长作画，后人为了纪念殉情而亡的梁祝，就把固城华山改称"花山"，把桠溪顾陇的华山改称"画山"。

桠溪画山应无梁祝墓，倒是花山有座双女坟。"双女坟"位于花山西麓、固城湖畔。清光绪《高淳县志》对双女坟的记载有两种说法：一是宣城郡开化（今高淳）县张氏二女，"少亲笔砚，长负才情"，父母欲把她们嫁于盐商，姐妹俩抗婚自尽。二是"招贤驿驿丞女，遇难不屈，尽节而死。"花山脚下的双女坟，紧挨古驿道，一侧是招贤驿馆遗址。

唐乾符年间（874—879），朝鲜半岛新罗王朝（今韩国）的贵族子弟崔致远时任宣州溧水尉，巡察花山，下榻招贤驿，闻知双女故事，凭吊旷野孤冢，赋诗于墓门："谁家二女此遗坟，寂寂泉扃几怨春。形影空留溪畔月，姓名难问冢头尘。芳情倘许通幽梦，永夜何妨慰旅人。孤馆若逢云雨会，与君继赋洛川神。"及夜，崔尉见有一使女飘然而至，送来红袋两只，内有和诗两首，诉说命运，甚为悲切凄楚。崔尉唏嘘不已，随即回诗一首。入梦，俩女亲临来访，崔尉遂设宴同席，与一对绝色佳丽吟诗言情，人鬼相恋，同结连理，至晓而别。崔尉梦醒惊叹，即作碑文《双女坟记》，又意犹未尽，一倾思情，吟得七言古风《双女坟》，后又撰成传奇《仙女红袋》，把梦萦魂牵的双女坟及其奇遇永铭史册，在韩国广为流传，至今犹盛，成为中韩两国文化交流史上的佳话。

韩国汉文学始祖崔致远在韩国文坛被誉为"东国儒宗""百世之师"。崔致远自新罗入唐留学，擢进士，任县尉，做幕僚，约十六年，写下了大量的诗文作品。《新唐书·艺文志》有其传，《全唐诗》有其诗。尤其是《桂苑笔耕集》在中韩两国后世学人中影响颇深。清乾隆时编纂的《四库全书》，收录崔致远诗文《桂苑笔耕》（二十卷）。

崔致远的诗作《双女坟》颇具唐诗风韵，才华横溢，缠绵动人：

　　草暗尘昏双女坟，古来名迹竟谁闻；唯伤广野千秋月，空锁巫山两片云。自恨雄才为远吏，偶来孤馆寻幽邃；戏将词句向门题，感得仙姿侵夜至。红锦袖，紫罗裙，坐来兰麝逼人薰；翠眉丹颊皆超俗，饮态诗情又出群。对残花，倾美酒，双双妙舞呈纤手；狂心已乱不知羞，芳意试看相许否。美人颜色久低迷，半含笑态半含啼；面热自然心似火，脸红宁假醉如泥。歌艳词，打欢合，芳宵良会应前定；才闻谢女启清谈，又见班姬抽雅咏。情深意密始求亲，正是艳阳桃李辰；明月倍添衾枕恩，香风偏惹绮罗身。绮罗身，衾枕恩，幽欢未已离愁至；数声余歌断孤魂，一点残

灯照双泪。晓天鸾鹤各西东，独坐思量疑梦中；沉思疑梦
又非梦，愁对朝云归碧空。马长嘶，望行路，狂生犹再寻
遗墓；不逢罗袜步芳尘，但见花枝泣朝露。肠欲断，首频
回，泉户寂寥谁为开？顿辔望时无限泪，垂鞭吟处有余哀。
暮春风，暮春日，柳花撩乱迎风疾；常将旅思怨韶光，况
是离情念芳质。人间事，愁杀人，始闻达路又迷津；草没
铜台千古恨，花开金谷一朝春。阮肇刘晨是凡物，秦王汉
帝非仙骨；当时嘉会香难追，后代遗名徒可悲。悠然来，
忽然去，是知风雨无常主；我来此地逢双女，遥似襄王梦
云雨。大丈夫，大丈夫，壮志须除儿女恨，莫将心事恋妖
狐！

此记"双女坟"事为本考闲笔，读者诸君从中可见高淳花山之
人文底蕴，故梁祝原型之《华山畿》故事，非空穴来风之传说。
　　由此看来，梁祝故事远远未完。
　　……
　　进入新千年后，梁祝文化作为"人类口头和非物质遗产代表
作"，申报世界非物质遗产工作在浙江、江苏等地紧锣密鼓地展开。
2004 年 6 月，经宁波的中国梁祝文化研究会发起邀请，宁波、杭
州、上虞、河南汝南、江苏宜兴、山东济宁等四省六地的梁祝申遗

代表，相聚宁波，达成了《梁祝申遗宁波共识》，以达到整合各地梁祝文化资源，争取成功申遗、保护梁祝文化遗产、造福全人类的目的。2005年12月31日，由浙江省宁波市、杭州市、上虞市、江苏省宜兴市、山东省济宁市、河南省汝南县联合申报的《梁祝传说》被列入国家文化部公示的第一批国家非物质文化遗产名录推荐项目名单，梁祝文化申遗工作正式拉开了帷幕。

这是值得令人欣喜的。

梁祝不止一个故乡，天下梁祝是一家。梁祝文化是中华民族共同的文化遗产。

联合国教科文组织驻北京代表处代表青岛泰之博士曾在首届梁祝文化国际学术研讨会（2002年4月宁波）致辞说：梁山伯与祝英台是中国美丽的爱情故事，表达了聪明善良的中国人民纯真的感情和美好的理想。梁祝故事不但在中国家喻户晓，而且一百多年前在东南亚就已经广泛流传。艺术家们把梁祝演绎成完美的电影，戏剧，使全世界的观众都为梁祝文化的魅力所陶醉。

梁祝故事考后记

　　自 2007 年我有意写作小说《梁祝蝴蝶梦》以来，广泛查阅、采
集了大量梁祝故事史料，做了数万字的笔记，觉得甚是宝贵，不忍
舍弃，遂成《梁祝故事考》以备忘。此非研究论文，只是辑录备要。
或有疑惑处，我亦作了点明，引"奇文共欣赏，疑义相与析"之意。
本考因是一个梁祝故事爱好者偶成，如实札录，其中难免谬误或偏
颇之处，祈望各地方家指正。倘假以时日，细加梳理与归纳，或许
可成梁祝考证之论文。

　　沉浸在浩卷繁帙的梁祝故事中，拂去漫漶不清、传说纷纭的尘
埃，总是让我神颤心动，泪湿春衫；历览考察一千六百多年来梁祝

故事的起源、衍变与发展，总是那么的如泣如诉，荡人魂魄。

今天的我们，要深深感谢历代文人、艺人的持续接力，还有海外文人的热情介入，他们对于梁祝故事的民间传说不断创造、不断丰富与不断完善，使得这场感天动地的爱情悲剧永恒流传。

在源远流长的梁祝文化中，在男性话语霸权下的封建社会中，才貌出众的祝英台作为一个自由不屈的女性形象，始终以叛逆与抗争的姿态，大胆追求自己的爱情，最终殉情而亡，实现了与梁山伯"生前不能夫妻配，死后也要同坟台"的爱情追求。这样一个特立独行的女性形象，朴实地反映了人民追求恋爱自由、婚姻自主的强烈愿望。因而，在中华民族的历史文化长卷中，梁祝故事始终鲜活如初，生机盎然，历千百年而永生。"化蝶双飞"这一神来之笔，就是中国民众对于梁祝爱情的美好祝愿。蝴蝶梦，乃是千秋爱情梦。

永远的梁祝，永远的情爱，让人永远的魂牵梦萦。越剧《梁山伯与祝英台》"祷墓化蝶"后的合唱词寄予了千百年来人同此心的共同情感：

> 彩虹万里百花开，
>
> 花间蝴蝶成双对，
>
> 千年万代不分开，
>
> 梁山伯与祝英台。

永远的蝴蝶梦

　　我之所以要写一部《梁祝蝴蝶梦》，乃是源于青少年时代的梦想。在二十世纪的八十年代，我对越剧《梁山伯与祝英台》、小提琴协奏曲《梁祝》十分入迷，可以用"如痴如醉"来形容。

　　那年那月，我把越剧《梁山伯与祝英台》的经典唱词工工整整地抄录在笔记本上，时常且读且唱，感受剧中的情景。如《十八相送》是明快、浪漫而又深情的一折戏，主导者是女扮男装的祝英台，当时她已芳心自许梁山伯，拜托师母做大媒，彼时梁山伯毫不知情，只知是送"贤弟"下山回家。一路上，祝英台以各种双关语道出自己的女性身份，然而始终无法投射到梁山伯的心理空间，所以他们之间的对话，充满了妙趣横生的"隔阂"，虽然没有男女情愫的共振，但这出戏却是极富情趣。到了长亭分手之际，祝英台鼓起勇气，亲口许了"九妹"——把自己许配给了梁山伯，尽管这个暗示依然是曲里拐弯的，但是祝英台真正表明了自己的心迹。而到了"楼台会"，曾经蒙在鼓里的梁山伯，已是候任的县令，他从师母那儿得知了真相，得到了聘物玉蝴蝶，当然已明白了十八相送时祝英台的种种暗示，所以满怀欣喜地前来祝家庄提亲。梁山伯踏上祝家楼台后，看到的"贤弟"已是还了女儿装，"九妹"从梦幻落到了现实，既是两心相悦，这梁祝姻缘自然是水到渠成，然而，梁山伯来不及惊喜就已陷入了悲痛的深渊，因为他与祝英台之间有一道不可逾越的鸿沟，那就是父母之命、媒妁之言。祝英台婚配马文才是合乎婚姻礼法的，而她的私许终身是非法的行为，这注定是一场强烈的悲剧冲突。

且看剧中的两段唱词：

祝英台：记得草桥两结拜，同窗共读有三长载，情投意合相敬爱，我此心早许你梁山伯。可记得，你看出我有耳环痕，使英台面红耳赤口难开；可记得，十八里相送长亭路，我是一片真心吐出来；可记得，比作鸳鸯成双对；可记得，牛郎织女把鹊桥会；可记得，井中双双来照影；

可记得，观音堂前把堂拜。我也曾留下聘物玉扇坠，我是拜托师母做大媒；约好了相逢之期七巧日，我也曾临别亲口许九妹，我指望有情人终能成眷属，想不到美满姻缘两拆开。梁兄啊！我与你梁兄难成对，爹爹是允了马家媒；我与你梁兄难成婚，爹爹收了马家聘；我与你梁兄难成偶，爹爹饮过马家酒。梁兄啊！爹爹之命不能违，马家势大亲难退。

梁山伯：英台说出心头话，我肝肠寸断口无言，金鸡啼破三更梦，狂风吹折并蒂莲！我只道有情人终能成眷属，谁又知今生难娶祝英台，满怀悲愤无处诉，无限欢喜变成灰。

一对青年恋人面对残酷的现实，充满了无奈、悲愤与绝望之情。

又是祝英台，她要绝地反击，既已许了终身，便至死不渝。最后的抗争，也只有自己的生命了，因此，祝英台对梁山伯发出了惊天动地的誓言：生不能成夫妻，死也要同坟台。从全剧来看，《楼台会》这折戏把梁祝爱情的悲剧推向了高潮。到了祝英台《哭灵》，其唱词悲戚荒凉，无以复加："一见梁兄魂魄销，呼天抢地哭号啕。楼台一别成永诀，人世无缘难到老。我以为天从人愿成佳偶，谁知晓姻缘簿上名不标；实指望你挽月老媒来做，谁知晓喜鹊未叫乌鸦叫；实指望笙箫管笛来迎娶，谁知晓未到银河就断鹊桥；实指望大红花轿到你家，谁知晓我白衣素服来吊孝……"伤痛不已的祝英台在梁山伯灵前重申了山盟海誓，表明自己的心志，也为最后的殉情化蝶做好了悲壮的铺垫。

以柔美婉约的越剧演绎梁祝的悲欢离合，我觉得这是叙事表演最为相宜的戏剧形式，从而使梁祝悲情直抵人心。

当时我正是青春少年，对爱情充满了幻想。因为化蝶双飞，凄美异常，所以梁祝故事是我爱情假想之一种。

而小提琴协奏曲《梁祝》，我则先后倾听了小提琴演奏家俞丽拿、盛中国、西崎崇子（日本），还有吕思清的版本，反反复复，无休无止，只要有《梁祝》的音乐响起，我便会投入进去，心无旁骛。小提琴反复奏出的爱情主题，优美、诗意而又悲情，如泣如诉，充满了激荡心怀的情感力量与艺术魅力。

这两部杰出的作品，都是问世在我出生以前的二十世纪五十年代，使我对那个红色政治时期的文艺现实与文艺理想充满了强烈的好奇，深入探究之后，我感到越剧《梁山伯与祝英台》、小提琴协奏曲《梁祝》的产生堪称是那个时代的奇迹，是了不起的天赐瑰宝。这一泓充满了人性之美、爱情之美的艺术清泉，滋养了一代又一代国人的心田，并流传到了海外各国。后来，我又广泛搜集、阅读了梁祝故事的历史记载、戏曲剧本、传奇小说、论文、音乐、影视等，更是心驰神往。

心中有了梁祝，再也挥之不去。

一千六百多年以来，梁祝故事深入人心，家喻户晓，特别是反映在戏曲、音乐艺术上，相当的成熟与完美。在文学作品中，明代文学家冯梦龙在《李秀卿义结黄贞女》中以近千字写到了梁祝故事，是为叙说李秀卿与黄善聪姻缘做的铺垫；现代章回小说家张恨水、女作家赵清阁分别创作了小说《梁山伯与祝英台》，他们以线性叙事的方式，重述了梁祝的经典爱情。

在阅读梁祝故事的过程中，"蝴蝶"的意象一直惊心动魄地占据了我的心灵。我常常在想，梁祝化蝶的本体意义，既是祝英台冲破父母之命、媒妁之言的封建婚姻的化蝶重生，又是她追求自由的神圣爱情的化蝶重生，尽管蝴蝶的生命周期相当短暂，然而，只要真心爱过，只要同飞共舞，哪怕爱如烟花只开一瞬！

生前是兄弟，死后成佳偶，这梁祝化蝶是悲情的，又是凄美的。而在这个动人的爱情故事里，才貌双全的祝英台是真正的主角，她主导了这场经典爱情。在封建铁幕的时代背景中，一个柔弱的女子力图主宰自己的人生之路，力图主宰自己的爱情生活，直至殉情化蝶。这是一个注定了悲剧色彩的古典爱情故事。

历代前辈、大家已写下了许多梁祝故事的读本，总觉得再写梁祝故事是多此一举，然而放不开的"蝴蝶梦"，深深地缠绕在我心头，而且我一直在想，祝英台在大婚当天经历了怎样一种折磨？这一天的祝家庄，祝英台毫无疑问是主角，然而这个新娘陷入在人生的生死劫中。要嫁的马文才是她不爱的人，然而不得不嫁，逃无可逃；她所爱的梁山伯已经夭亡，在与梁山伯楼台会时，祝英台发出了生死相许的誓言——这不是戏言，而是必须以生命来践约的。因此，原应是新嫁娘幸福新生活开始的一天，却是祝英台惨痛的人生最后一天。细细思量，我感同身受，情难自禁，就这样思来想去，最终还是动笔了。小说采取祝英台的叙事视角，取越剧《梁山伯与祝英台》的经典情节为蓝本，化用了许多经典唱词，从祝英台大婚当天的清晨到次日赴约殉情的清晨，一天一夜，二十四小时，她面临的现实与往事的回忆，时空交错，悲喜交集，展现了她一生的思想与情爱历程。小说打乱了线性叙事的模式，以祝英台始，以祝英台终，以蝴蝶始，以蝴蝶终，"蝴蝶"作为梁祝爱情的独特意象，始终贯穿于整个叙事过程，无论是翩然飞舞的玉带凤蝶，还是爱情信物白玉蝴蝶，都聚焦于那一场千古绝唱的蝴蝶梦。

《梁祝蝴蝶梦》是我故事新编的尝试，无论是故事推进、情节设置，还是叙述方式、叙事语言，都有自我的方式，自我的演绎，试图为读者提供一部新鲜的梁祝爱情读本。如小说中的六姐英华爱上了一个青年木匠，为父母所不容，双双跳河自尽；又如祝英台读到了《古诗为焦仲卿妻作》（即长篇叙事诗《孔雀东南飞》），汉末建安中庐江府吏焦仲卿为刘兰芝殉情而亡，合葬华山……诸如此类的情节，从现实悲剧到历史悲剧，一步一步推动了祝英台生死相许的爱情追求。各家梁祝读本对梁祝同窗共读三年的过程大多只是简单地一笔带过，我则希望通过更多的细节描写，揭示祝英台对梁山伯由同窗情升华为爱情的心理嬗变。文本还加入了马文才的戏份，他入学万松书院，不敬师尊，不喜攻读，还带了歌伎夜闹书院，终被逐出师门。因此，祝英台对这个纨绔子弟毫无好感，其拒婚、抗婚的理由更充分，决心更坚定。

那一年去上虞祝家庄，在玉水河畔，我仿佛看到晋代的祝英台穿上了大红嫁衣，蒙上了鲜艳的红盖头，由丫鬟银心搀扶，在鼓乐齐鸣、爆竹声急中登上了马家婆亲的喜船。此行水路是入曹娥江至姚江，目的地是鄞县马太守府。一个满怀悲痛的新娘，一个流干了眼泪的新娘，不是前去与马文才完婚，而是践约殉情——生前不能夫妻配，死后也要同坟台。

生死相许，化蝶双飞。我想起了金元之际文学家元好问的《摸鱼儿·雁丘词》：

问世间，情为何物？直教生死相许。天南地北双飞客，老翅几回寒暑。欢乐趣，离别苦，就中更有痴儿女。君应有语，渺万里层云，千山暮雪，只影向谁去？

横汾路，寂寞当年箫鼓，荒烟依旧平楚。招魂楚些何嗟及，山鬼暗啼风雨。天也妒，未信与，莺儿燕子俱黄土。千秋万古，为留待骚人，狂歌痛饮，来访雁丘处。

金章宗泰和五年（1205 年），时年十六岁的元好问在赴州应试途中，闻一猎人说，天空中有一对比翼双飞的大雁，其中一雁被捕杀了，另一雁悲鸣不去，而后投地而死。少年才子元好问花钱向猎人买下了这对大雁，葬于汾水畔，垒石为记，名为"雁丘"，赋成《雁丘词》。

元好问之悲雁，实是悲情。

雁犹如此，何况人乎！

千山暮雪，只影向谁去？一叹再叹，泪湿春衫。只为了历史深处的痴情女祝英台，为爱而生死相许，是如此的忠贞、刚烈、决绝。我深深理解祝英台的行为，情深不寿，为的是不辜负自己的心，若是委曲求全，苟活于人世，生又何欢？

做成这样一个梁祝故事文本，于我而言，是还了青春时代的一个夙愿。

书中附录的《梁祝故事考》，有助于读者更加全面、深入地了解梁祝故事的起源、衍变与发展。

我做这样的功课，实际上是一个学习的过程，如我在查阅文献时，看到了司马迁《史记·秦始皇本纪》的记载，秦始皇三十七年（前210年），嬴政南巡："……过丹阳，至钱唐，临浙江，水波恶，乃西百二十里，从狭中渡。"再查方知，这钱唐、浙江就是今天的杭州与钱塘江。钱唐县在南朝陈时期（557—589）升级为钱塘郡，因此浙江之名后来演变为钱塘江。所以，东晋时祝英台前往求学的地方是钱唐县，看到的江是浙江。又如西湖，在东晋时还只是天然湖泊，古名"钱唐湖"，到了唐代，诗人白居易于长庆二年（822年）十月出任杭州刺史后，在四十年前杭州刺史李泌开凿六井，引湖水解决居民用水的基础上，主持疏浚西湖，疏通六井，修筑湖堤，使这天然湖泊成为人工湖泊。白居易在杭州任职三年，与杭州、与西湖结下了深厚的感情，留下了许多首诗，在他的诗中既有钱塘湖，又出现了西湖，如《西湖留别》："征途行色惨风烟，祖帐离声咽管弦。翠黛不须留五马，皇恩只许住三年。绿藤阴下铺歌席，红藕花中泊妓船。处处回头尽堪恋，就中难别是湖边。"由此可见，西湖之名已在唐朝民间开始流行，到了北宋才在官方文件正式出现，如元祐四年（1089年）文学家苏轼出任杭州知州后，向朝廷上了一道疏浚西湖的奏章《乞开杭州西湖状》，其中妙喻"杭州之有西湖，如人之有眉目"，向为后人津津乐道，为前任治理西湖的功绩点赞。苏轼为西湖留下的不仅仅是一条"苏堤"，苏堤六桥之映波、锁澜、望山、压堤、东浦、跨虹之命名，即出自诗人的锦心绣口，而且他所写的《饮湖上初晴后雨》："水光潋滟晴方好，山色空蒙雨亦奇。欲把西湖比西子，淡妆浓抹总相宜。"成为西湖风景的最美写照，传诵千古。在小说描写中，为了更符合读者的阅读认知，"钱唐"之名，统一为"钱塘"。

感谢青年画家刘祥云为《梁祝蝴蝶梦》画了插图，展现了小说中的人物与场景，烘托了文本的画面感，增加了读者的阅读趣味。

评论家学海兄拨冗作序，对这个文本进行了精细、到位的解读，深获我心。

谨以《梁祝蝴蝶梦》向我心目中的梁祝经典爱情、向普天下最美好的爱情致敬！